吉松由美
山田玲奈
林太郎 ◎合著

日本語 初級
100 個 萬用 關鍵句型

零基礎，人人都能說出完整句！

日本までお願いします。

（我要去日本。）

nihongo
syokyuu
bannou
bunkei

附贈
朗讀 QR Code
＋MP3

山田社

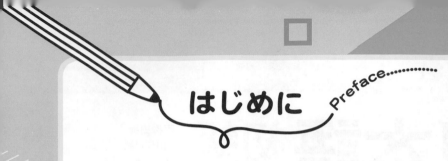

はじめに　Preface

「什麼？！開口說日語，只要 100 個句型就夠了？」

老是用單字聊天，就是說不出完整句子。
換種說法日語就活起來。

用幾個簡易句型「拉長句子」，零基礎，就可以說完整句。
掌握這 100 個關鍵句型，不知不覺中說得一口流利的日語。

從 0 開始，翻開就會！
精選萬用句型帶入單字靈活運用
會這些就夠造訪日本啦！

初學日語好簡單

▲ 為您收錄最實用的情境

▲ 迅速掌握最重要的句型

▲ 教您靈活的萬能造句法

▲ 擴充活用例句和實際短對話

「只要一週，輕鬆入門！」

在初學日文時，您是否遇過某些情境，卻不知道怎麼表達？
或是明明學過日語，卻說不出完整的句子，只能用隻字片語和人聊天？
本書用情境帶您進入學習，簡單轉換中日文句型，讓您瞬間理解、串聯記憶。例如：

☆ **自我介紹**

> ✓ 我是＋姓名・國籍。＝姓＋です。
> ✓ 我來自＋國籍。＝國名＋からきました。
> ✓ 我喜歡＋興趣、運動等。＝興趣、運動＋が好きです。

各種生活表現句型，也通通幫您想到了。更多情境還有：

☆溝通一下

✓ 東西＋比較好。＝名詞＋がいいです。
✓ 麻煩你我要＋物品。＝名詞＋をお願_{ねが}いします。
✓ 場所＋在哪裡？＝場所＋はどこですか。

☆好喜歡日本

✓ 我喜歡＋日本的某事物。＝日本_{にほん}の＋名詞＋が好_すきです。
✓ 我對日本的＋事物＋很感興趣。＝日本の＋名詞＋に興味_{きょうみ}があります。

☆在日本生活

✓ 我要點＋食物。＝料理＋にします。
✓ 物品＋多少錢？＝名詞＋いくらですか。
✓ 我想去＋日本名勝。＝場所＋まで行_いきたいです。

☆在日本遇到麻煩

✓ 把物品＋忘在＋場所。＝場所＋に＋物品＋を忘_{わす}れました。
✓ 感覺＋症狀。＝症狀＋がします。
✓ 身體部位＋很痛。＝〜＋が痛_{いた}いです。

從早到晚的生活、旅遊場面任您挑選，快速掌握講話的要點。
擺脫零零散散的說話方式，用簡易句型重整、拉長話語，讓您的日語活起來！

本書特色：

羅馬拼音＋中文直翻，初學者也能一看就懂

　　本書從假名開始教學，並在每一個單字及例句下標註羅馬拼音，句型也用中日對照轉換的方式講解，即使是零基礎的讀者，讀起來也完全無障礙。邊讀邊聽音檔，跟著朗誦標準東京腔，不需經過50音和文法的重重考驗，也能輕鬆開口說。從實踐中學習，越學越有趣。

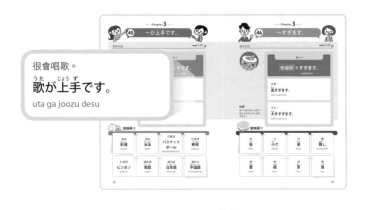

最符合初學者的實用情境，哈拉暢遊日本

　　精選初學者最需要的使用情境，搭配生活中使用頻率最高的句型及單字，並將句子以情境分類，句子串聯情境，使用時自然喚醒句型記憶。情境除了最基礎的寒暄和基礎句型外，還有關於自己的介紹方式，包含個性、嗜好、飲食等等。另外也收錄了去日本必備的旅遊日語，包含飯店、機場、購物和日本傳統祭典等等的日語。讓您在日本旅遊暢行無阻，還能和日本人哈拉兩句。

自由帶入單字，創造無限話題

　　本書以簡易的句型＋單字填空，沒有複雜的文法，只要套用一個句型，再替換自己喜歡的單字，就可以舉一反三，應用在各種場合。沒有學過日語的讀者也藉由精選的關鍵句型，飛快進步到能說出一句句完整又流暢的日語。以好玩、好學、好實用為目標，讓您在初學日語階段就能快速應用，享受學日語的樂趣，又能達到良好的學習效果。「一不小心」日語就變得又好又流利，而且越學越有勁。

很會～。

名詞 ＋が上手です。
ga joozu desu

替換單字

煮菜	游泳	打籃球	打棒球
料理	水泳	バスケット	野球
ryoori	suiee	ボール	yakyuu
		basukettobooru	

打桌球	講英語	講日語	講中文
ピンポン	英語	日本語	中国語
pinpon	eego	nihongo	chuugokugo

從例句到短對話，豐富您的詞彙、句子量

　　每個句型不只有單字填空，還有例句和短句，為您清晰示範以及擴充相似用法，讓您不只會一種表達方式。再用簡短的生活情景對話，藉由一來一往的對話，訓練您的聽力和反應能力。由淺入深，慢慢累積語感、自然越講越長！

✓ 寒暄語

✓ 單字填空
✓ 例句和短句

✓ 聽覺刺激法
　聽力訓練＋實用對話
✓ 生活錦囊＋迷你文法

✓ 說法百百種

有了本書中的 100 個句型，您只要將生活上一切跟自己息息相關的單字，甚至是字典上查到的、網路上找到的新鮮單字，通通套用進去，就可以用流利日語「從早到晚」話題不斷。在句型及單字的相乘效果下，達到輕鬆、有趣的學習成效。沒有學過日語、還在猶豫要不要學日語的讀者們只要跨出一步，本書保證讓您學習日文零門檻，越學越自信！

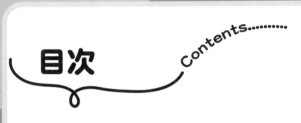

目次 Contents

1 2 3 4 5

假名與發音

3 張表格帶您快速掌握發音和假名
由中國字演變而來的文字
其實一點也不難

假名就是中國字

track 1-01 ♫

　　告訴你，其實日本文字「假名」就是中國字呢！為什麼？我來說明一下。日本文字假名有兩種，一個叫平假名，一個是叫片假名。平假名是來自中國漢字的草書，請看下面：

安 ▶ あ	以 ▶ い	衣 ▶ え

　　平假名「あ」是借用國字「安」草書；「い」是借用國字「以」的草書；而「え」是借用國字「衣」的草書。雖然，草書草了一點，但是只要多看幾眼，就能知道哪個字，也就可以記住平假名囉！

　　片假名是由國字楷書的部首演變而成的。如果說片假名是國字身體的一部分，可是一點也不為過的！請看：

宇 ▶ ウ	江 ▶ エ	於 ▶ オ

　　「ウ」是「宇」上半部的身體，「エ」是「江」右邊的身體，「オ」是「於」左邊的身體。片假名就是這麼簡單吧！

清音

track 1-02 ♫

日語假名共有 70 個，分為清音、濁音、半濁音和撥音 4 種。

	あ ア 段	い イ 段	う ウ 段	え エ 段	お オ 段
あ ア 行	あ ア a	い イ i	う ウ u	え エ e	お オ o
か カ 行	か カ ka	き キ ki	く ク ku	け ケ ke	こ コ ko
さ サ 行	さ サ sa	し シ shi	す ス su	せ セ se	そ ソ so
た タ 行	た タ ta	ち チ chi	つ ツ tsu	て テ te	と ト to
な ナ 行	な ナ na	に ニ ni	ぬ ヌ nu	ね ネ ne	の ノ no
は ハ 行	は ハ ha	ひ ヒ hi	ふ フ fu	へ ヘ he	ほ ホ ho
ま マ 行	ま マ ma	み ミ mi	む ム mu	め メ me	も モ mo
や ヤ 行	や ヤ ya		ゆ ユ yu		よ ヨ yo
ら ラ 行	ら ラ ra	り リ ri	る ル ru	れ レ re	ろ ロ ro
わ ワ 行	わ ワ wa				を ヲ o
					ん ン n

濁音

track 1-03 ♫

日語發音有清音和濁音。例如，か（ka）和が（ga）、た（ta）和だ（da）、は（ha）和ば（ba）等不同。不同在什麼地方呢？不同在前者發音時，聲帶不震動；相反地，後者就要震動聲帶了。

濁音一共有 20 個假名，但實際上不同的發音只有 18 種。濁音的寫法是，在濁音假名右肩上打兩點。

	あ ア 段	い イ 段	う ウ 段	え エ 段	お オ 段
あ ア 行	が ガ ga	ぎ ギ gi	ぐ グ gu	げ ゲ ge	ご ゴ go
さ サ 行	ざ ザ za	じ ジ ji	ず ズ zu	ぜ ゼ ze	ぞ ゾ zo
た タ 行	だ ダ da	ぢ ヂ ji	づ ヅ zu	で デ de	ど ド do
は ハ 行	ば バ ba	び ビ bi	ぶ ブ bu	べ ベ be	ぼ ボ bo

半濁音　　　　　　　　　　　　　　　　　　　　　track 1-04 ♫

　　介於「清音」和「濁音」之間的是「半濁音」。因為，它既不能完全歸入「清音」，也不屬於「濁音」，所以只好讓它「半清半濁」了。半濁音的寫法是在假名的右肩上打個小圓圈。

	あ ア 段	い イ 段	う ウ 段	え エ 段	お オ 段
は ハ 行	ぱ パ pa	ぴ ピ pi	ぷ プ pu	ぺ ペ pe	ぽ ポ po

Chapter

12345

先寒暄一下

不同狀況，用的寒暄句子就不同。
精選從早到晚 40 句寒暄句，
來開啓一整天的話題吧！

① 你好

track 2-01 ♫

☐ 早安。

おはようございます。
ohayoo gozaimasu

☐ 你好。

こんにちは。
konnichiwa

☐ 你好。（晚上見面時用）

こんばんは。
konbanwa

☐ 晚安。（睡前用）

おやすみなさい。
oyasuminasai

☐ 謝謝。

どうも。
doomo

② 再見

☐ 再見。

さようなら。

sayoonara

☐ 先走一步了。

<ruby>失礼<rt>しつれい</rt></ruby>します。

shitsuree shimasu

☐ 那麼（再見）。

それでは。

soredewa

☐ Bye-Bye。

バイバイ。

baibai

☐ Bye 囉。

じゃあね。

jaane

3 回答

☐ 是。

はい。

hai

☐ 對，沒錯。

はい、そうです。

hai, soo desu

☐ 知道了。（一般）

わかりました。

wakarimashita

☐ 知道了。（較鄭重）

かしこまりました。

kashikomarimashita

☐ 知道了。（鄭重）

承知しました。

shoochi shimashita

4 謝謝

☐ 謝謝。

ありがとうございました。

arigatoo gozaimashita

☐ 謝謝。

どうも。

doomo

☐ 不好意思。

すみません。

sumimasen

☐ 您真親切，謝謝。

ご親切_{しんせつ}にどうもありがとう。

goshinsetsu ni doomo arigatoo

☐ 謝謝照顧。

お世話_{せわ}になりました。

osewa ni narimashita

5 不客氣啦

☐ 不客氣。

いいえ。

iie

☐ 不客氣。

どういたしまして。

doo itashimashite

☐ 不要緊。

大丈夫_{だいじょうぶ}ですよ。

daijoobu desuyo

☐ 我才要謝你呢。

こちらこそ。

kochira koso

☐ 不要在意。

気_きにしないで。

ki ni shinaide

6 對不起

☐ 對不起。

すみません。

sumimasen

☐ 失禮了。

失礼^{しつれい}しました。

shitsuree shimashita

☐ 對不起。

ごめんなさい。

gomennasai

☐ 非常抱歉。

申^{もう}し訳^{わけ}ありません。

mooshiwake arimasen

☐ 給您添麻煩了。

ご迷惑^{めいわく}をおかけしました。

gomeewaku o okake shimashita

7 借問一下

☐ 不好意思。

すみません。

sumimasen

☐ 可以耽誤一下嗎？

ちょっといいですか。

chotto ii desuka

☐ 打擾一下。

ちょっとすみません。

chotto sumimasen

☐ 請問一下。

ちょっとうかがいますが。

chotto ukagaimasuga

☐ 是關於旅行的事 ......

旅行のことですが。
りょこう

ryokoo no koto desuga

8 這是什麼

☐ 現在幾點？

今は何時ですか。

ima wa nanji desuka

☐ 這是什麼？

これは何ですか。

kore wa nan desuka

☐ 這裡是哪裡？

ここはどこですか。

koko wa doko desuka

☐ 那是怎麼樣的書？

それはどんな本ですか。

sore wa donna hon desuka

☐ 河川名叫什麼？

なんていう川ですか。

nante iu kawa desuka

MEMO

12**3**45

基本句型

54 個萬用句型
靈活套用單字
說出更多日常完整句!

1 ～です。

基本句型 track **3-01** ♫

是～。

名詞 ＋です。
desu

我是田中。
<ruby>田<rt>た</rt></ruby><ruby>中<rt>なか</rt></ruby>です。
tanaka desu

將下列單字套入句型中，變化出更多生活上的常用句子。

我是學生。
<ruby>学<rt>がく</rt></ruby><ruby>生<rt>せい</rt></ruby>です。
gakusee desu

 替換單字

（我姓）林	（我姓）李	（我姓）山田	（我姓）鈴木
リン	リー	やまだ	すずき
林	李	山田	鈴木
rin	rii	yamada	suzuki

書	日本人	腳踏車	工作
ほん	に ほんじん	じ てんしゃ	し ごと
本	日本人	自転車	仕事
hon	nihonjin	jitensha	shigoto

2 ～です。

基本句型

是～。

$$\boxed{數量}+です。$$
desu

---

500 圓。

ごひゃく えん
500 円です。

gohyakuen desu

---

20 美金。

にじゅう
20 ドルです。

nijuudoru desu

將下列單字套入句型中，變化出更多生活上的常用句子。

 替換單字

1000 圓 せんえん **千円** senen	10000 圓 いちまんえん **一万円** ichimanen	一個 ひと **一つ** hitotsu	一張 いちまい **一枚** ichimai
一杯 いっぱい **一杯** ippai	兩支 に ほん **2本** nihon	一堆 ひとやま **一山** hitoyama	12 個 じゅうに こ **１２個** juuniko

速聽！聽覺刺激法！　　　　　　　　　　　　　　track **3-03** ♬

①先看中文翻譯→②以 2 倍速度來速聽、速讀內容，請邊聽邊看對話內容→③再以一般速度測試一次→④不看內容，跟在光碟後面，模仿老師的發音大聲唸出。

MP3：2 倍速度 ⇨ 一般速度

女：おはよう　ございます。
早安。

男：おはよう　ございます。
早安。

女：では　授業_{じゅぎょう}を　始_{はじ}めます。今日_{きょう}は　教科書_{きょうかしょ}の　７４_{ななじゅうよん}ページ　からですね。
那麼我們開始上課。今天就從教科書的 74 頁開始。

補充單字　では 接續 那麼，這麼說，要是那樣／授業_{じゅぎょう} 名 上課，教課，授課／始_{はじ}める 他下一 開始，開創／ページ (page) 名・接尾 頁

生活錦囊

日語的數字 1 到 10 的數法中，有 3 個字是兩種念法，這 3 個字是「4（よん、し）、7（しち、なな）、9（きゅう、く）」，要多加練習。

迷你文法

❶「から」前面是開始的頁數。「から」常跟「まで」一起使用，表示數量、時間或場所等的起點和終點。可譯作「從…到…」。

❷ 句子＋「ね」。表示輕微的感嘆，或話中帶有徵求對方同意的語氣。

説法百百種！

跟數字相關內容，還有下面各種不同說法，請配合光碟每句練習 3 到 5 次。

いろいろ 1 常用的問法

● どう　やって、開けますか。
怎麼打開呢？

● 男の　人の　電話番号は　何番ですか。
男人的電話號碼是幾號呢？

● かぎの　番号は　何番ですか。
鑰匙的號碼是幾號？

いろいろ 2 過程的說明

● こう　やって、ボタンを　押して　ください。
請這樣按下按鈕。

● 始めは　5、そして　1、それから　4、8です。
開始是 5，接下來是 1，然後是 4、8。

● 先週は　6番の　問題から　9番の　問題まで　勉強しましたね。
上星期從問題 6，學到問題 9。

いろいろ 3 容易誤會的說法

● 「えっと　341-4128。」「いえ、4218 です。」
「咦！是341-4128？」「不是，是4218。」

● 「えっ、6480…。」「いえ、6840 です。」
「咦！6480……。」「不是，是6840。」

3 〜です。

基本句型

很〜。

形容詞 ＋です。
desu

很高。
<ruby>高<rt>たか</rt></ruby>いです。
takai desu

很冷。
<ruby>寒<rt>さむ</rt></ruby>いです。
samui desu

將下列單字套入句型中，
變化出更多生活上的常
用句子。

 替換單字

好吃	冷	難	危險
おいしい	<ruby>冷<rt>つめ</rt></ruby>たい	<ruby>難<rt>むずか</rt></ruby>しい	<ruby>危<rt>あぶ</rt></ruby>ない
oishii	tsumetai	muzukashii	abunai

快樂	年輕	暗	快
<ruby>楽<rt>たの</rt></ruby>しい	<ruby>若<rt>わか</rt></ruby>い	<ruby>暗<rt>くら</rt></ruby>い	<ruby>速<rt>はや</rt></ruby>い
tanoshii	wakai	kurai	hayai

4 ～は～です。

基本句型

～是～。

名詞 ＋ は ＋ 名詞 ＋ です。
wa ・ desu

我是學生。
私は学生です。
watashi wa gakusee desu

將下列單字套入句型中，變化出更多生活上的常用句子。

這是麵包。
これはパンです。
kore wa pan desu

 替換單字

父親　老師
父／先生
chichi sensee

姊姊　模特兒
姉／モデル
ane moderu

哥哥　上班族
兄／サラリーマン
ani sarariiman

他　美國人
彼／アメリカ人
kare amerikajin

那是　大象
あれ／象
are zoo

那是　椅子
それ／いす
sore isu

31

5 〜の〜です。

基本句型　　　　　　　　　　　　　　　　　track **3-07** ♫

〜的〜。

名詞 ＋の＋ 名詞 ＋です。
　　　　no　　　　　　desu

我的包包。
私のかばんです。
watashi no kaban desu

☞
將下列單字套入句型中，
變化出更多生活上的常
用句子。

日本車。
日本の車です。
nihon no kuruma desu

 替換單字

妹妹　雨傘	姊姊　手帕	老師　書
妹／傘	姉／ハンカチ	先生／本
imooto kasa	ane hankachi	sensee hon

老公　電腦	義大利　鞋子	法國　麵包
主人／パソコン	イタリア／靴	フランス／パン
shujin pasokon	itaria kutsu	furansu pan

基本句型

是～嗎？

名詞 ＋ですか。
desuka

是日本人嗎？

に ほんじん
日本人ですか。

nihonjin desuka

將下列單字套入句型中，
變化出更多生活上的常
用句子。

哪一位？

どなたですか。

donata desuka

替換單字

台灣人 タイワンじん **台湾人** taiwanjin	中國人 ちゅうごくじん **中国人** chuugokujin	美國人 じん **アメリカ人** amerikajin	泰國人 じん **タイ人** taijin
英國人 じん **イギリス人** igirisujin	義大利人 じん **イタリア人** itariajin	韓國人 かんこくじん **韓国人** kankokujin	印度人 じん **インド人** indojin

7 ～は～ですか。

基本句型

～是～嗎？

名詞 ＋は＋ 名詞 ＋ですか。
wa　　　　　　　desuka

那裡是廁所嗎？

トイレはあれですか。

toire wa are desuka

車站是這裡嗎？

駅はここですか。
えき

eki wa koko desuka

將下列單字套入句型中，
變化出更多生活上的常
用句子。

替換單字

出口　那裡 でぐち **出口／あそこ** deguchi asoko	國籍　哪裡 くに **国／どこ** kuni doko	籍貫，畢業　哪裡 しゅっしん **ご出身／どちら** goshusshin dochira
寺廟　那裡 てら **お寺／そこ** otera soko	開關　那個 **スイッチ／あれ** suicchi are	逃生門　這裡 ひ じょうぐち **非常口／ここ** hijooguchi koko

8 ～は～ですか。

基本句型

track 3-10 ♫

～嗎？

名詞 ＋は＋ 形容詞 ＋ですか。
　　　wa　　　　　　desuka

這裡痛嗎？

ここは痛いですか。
koko wa itai desuka

車站遠嗎？

駅は遠いですか。
eki wa tooi desuka

將下列單字套入句型中，變化出更多生活上的常用句子。

 替換單字

北海道　冷
ほっかいどう　さむ
北海道／寒い
hokkaidoo samui

老師　年輕
せんせい　わか
先生／若い
sensee wakai

這個　好吃
これ／おいしい
kore oishii

價錢　貴
ね だん　たか
値段／高い
nedan takai

房間　整潔
へ や
部屋／きれい
heya kiree

皮包　耐用
じょう ぶ
かばん／丈夫
kaban joobu

9 〜ではありません。

基本句型　　　　　　　　　　　　　　　　　　track **3-11** ♫

不是〜。

名詞 ＋ではありません。
dewa arimasen

不是義大利人。
イタリア人ではありません。
itariajin dewa arimasen

將下列單字套入句型中，
變化出更多生活上的常
用句子。

不是字典。
辞書ではありません。
jisho dewa arimasen

替換單字

河川 かわ **川** kawa	派出所 こうばん **交番** kooban	公車 **バス** basu	紅茶 こうちゃ **紅茶** koocha
煙灰缸 はいざら **灰皿** haizara	冰箱 れいぞうこ **冷蔵庫** reezooko	電話 でんわ **電話** denwa	狗 いぬ **犬** inu

10 〜ですね。

基本句型

好〜喔！

形容詞 ＋ ですね。
desune

好熱喔！
<ruby>暑<rt>あつ</rt></ruby>いですね。
atsui desune

好冷喔！
<ruby>寒<rt>さむ</rt></ruby>いですね。
samui desune

將下列單字套入句型中，
變化出更多生活上的常
用句子。

 替換單字

甜 <ruby>甘<rt>あま</rt></ruby>い amai	苦 <ruby>苦<rt>にが</rt></ruby>い nigai	有趣 <ruby>面白<rt>おもしろ</rt></ruby>い omoshiroi	舊 <ruby>古<rt>ふる</rt></ruby>い furui
新 <ruby>新<rt>あたら</rt></ruby>しい atarashii	安全 <ruby>安全<rt>あんぜん</rt></ruby> anzen	耐用 <ruby>丈夫<rt>じょうぶ</rt></ruby> joobu	方便 <ruby>便利<rt>べんり</rt></ruby> benri

基本句型

track **3-13** ♫

好〜喔！

形容詞 ＋ 名詞 ＋ですね。
desune

好漂亮的人喔！

きれいな人（ひと）ですね。

kiree na hito desune

好棒的建築物喔！

素敵（すてき）な建物（たてもの）ですね。

suteki na tatemono desune

將下列單字套入句型中，變化出更多生活上的常用句子。

 替換單字

好的 天氣	難的 問題	重的 行李
いい／天気（てんき）	難（むずか）しい／問題（もんだい）	重（おも）い／荷物（にもつ）
ii tenki	muzukashii mondai	omoi nimotsu

好的 位子	有趣的 比賽	好吃的 店
いい／席（せき）	面白（おもしろ）い／試合（しあい）	おいしい／店（みせ）
ii seki	omoshiroi shiai	oishii mise

12 〜でしょう。

基本句型

是〜吧！

名詞 ＋でしょう。
deshoo

是晴天吧！
晴<ruby>れ<rt>は</rt></ruby>でしょう。
hare deshoo

是陰天吧！
曇<ruby>り<rt>くも</rt></ruby>でしょう。
kumori deshoo

將下列單字套入句型中，變化出更多生活上的常用句子。

 替換單字

雨 あめ **雨** ame	雪 ゆき **雪** yuki	風 かぜ **風** kaze	颱風 たいふう **台風** taihuu
打雷 かみなり **雷** kaminari	星期五 きんようび **金曜日** kinyoobi	今晚 こんばん **今晚** konban	兩個 ふた **二つ** futatsu

13 ～ます。

基本句型 　　　　　　　　　　　　　　　track **3-15** ♬

～。（做某動作）

名詞 ＋～ます。
masu

吃飯。

ご飯を食べます。
gohan o tabemasu

抽煙。

タバコを吸います。
tabako o suimasu

將下列單字套入句型中，變化出更多生活上的常用句子。

 替換單字

聽音樂 音楽を聞き ongaku o kiki	在天空飛 空を飛び sora o tobi	學日語 日本語を勉強し nihongo o benkyooshi
說英語 英語を話し eego o hanashi	拍照 写真を撮り shashin o tori	開花 花が咲き hana ga saki

14 ～から来ました。

基本句型

從～來。

名詞 ＋から来ました。
kara kimasita

從台灣來。
台湾から来ました。
taiwan kara kimashita

從美國來。
アメリカから来ました。
amerika kara kimashita

將下列單字套入句型中，變化出更多生活上的常用句子。

 替換單字

中國 ちゅうごく **中国** chuugoku	英國 **イギリス** igirisu	法國 **フランス** furansu	印度 **インド** indo
越南 **ベトナム** betonamu	德國 **ドイツ** doitsu	義大利 **イタリア** itaria	加拿大 **カナダ** kanada

15 〜ましょう。

基本句型　　　　　　　　　　　　　　　　track **3-17** ♫

來〜吧！

名詞 ＋ましょう。
mashoo

來打電動玩具吧！

ゲームをしましょう。
geemu o shimashoo

將下列單字套入句型中，
變化出更多生活上的常
用句子。

來看電影吧！

映画を見ましょう。
えい が　 み
eega o mimashoo

替換單字

下象棋	打撲克牌	打網球
将棋をし しょう ぎ shoogi o shi	トランプをし toranpu o shi	テニスをし tenisu o shi

去買東西	唱歌	跑到公園
買い物に行き か もの い kaimono ni iki	歌を歌い うた うた uta o utai	公園まで走り こうえん はし kooen made hashiri

速聽！聽覺刺激法！　　　　　　　　　　　　　track **3-18** ♫

①先看中文翻譯→②以 2 倍速度來速聽、速讀內容，請邊聽邊看對話內容→③再以一般速度測試一次→④不看內容，跟在光碟後面，模仿老師的發音大聲唸出。

MP3：2 倍速度 ⇨ 一般速度

男：今日、映画に　行かない。
今天要不要去看電影？

女：いいわよ。何時に　始まるの。
好啊！幾點開演？

男：9時からだよ。
9點開始。

女：映画館の　入口で　会いましょう。
我們在電影院的入口碰面吧！

男：それじゃ、8時に　映画館の　前で。
那，8點在電影院前面。

女：早すぎるわ。8時半に　しましょう。
太早了。8點半好了！

男：わかった。じゃあ、8時半。
好。那就8點半。

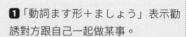

生活錦囊

日本人在時間上有一個獨特的觀念，就是不能因為一個人的遲到，而給別人造成麻煩，所以很守時。日本人常會注意在上班時間、開會時間跟聚會時間不要遲到。

迷你文法

❶「動詞ます形＋ましょう」表示勸誘對方跟自己一起做某事。

❷「すぎ」表示程度超過一般水平。「太...」、「過於...」的意思。

說法百百種！

跟時間相關內容，還有下面各種不同說法，請配合光碟每句練習 3 到 5 次。

💬 いろいろ **1** 邀約常用說法

- 一緒に　海に　行きませんか。
  要不要一起去海邊？

- 土曜日に　テニスを　しませんか。
  星期六要不要去打網球？

- ここで　少し　休みましょう。
  在這裡休息一下吧！

💬 いろいろ **2** 接受或拒絕邀約時

- ああ、いいですね。
  啊，好啊！

- はい、行きましょう。
  好，去吧！

- ああ、すみません、私は　ちょっと…。
  啊！抱歉我不太......。

💬 いろいろ **3** 決定時間常說的

- 7時に、映画館の　前に　合いましょう。
  7點在電影院前碰面吧！

- テストの　次の　日に　行きましょう。
  考試的第2天去吧！

- 2時に　上野駅に　しましょう。
  2點在上野車站吧！

16 ～をください。

基本句型　　　　　　　　　　　　　　　　　　track **3-20** ♫

給我～。

名詞 ＋をください。
o kudasai

請給我牛肉。

ビーフをください。
biifu o kudasai

給我這個。

これをください。
kore o kudasai

將下列單字套入句型中，變化出更多生活上的常用句子。

 替換單字

地圖 ち ず **地図** chizu	雜誌 ざっし **雑誌** zasshi	雨傘 かさ **傘** kasa	毛衣 **セーター** seetaa
咖啡 **コーヒー** koohii	葡萄酒 **ワイン** wain	壽司 す し **寿司** shushi	拉麵 **ラーメン** raamen

45

17 ～ください。

基本句型　　　　　　　　　　　　　　　track **3-21** ♫

給我～。

数量 ＋ください。
kudasai

給我一個。

^{ひと}
一つください。

hitotsu kudasai

給我一堆。

^{ひとやま}
一山ください。

hitoyama kudasai

☞

將下列單字套入句型中，
變化出更多生活上的常
用句子。

 替換單字

一支 いっぽん **一本** ippon	兩張 に まい **2枚** nimai	3本 さんさつ **3冊** sansatsu	一個 いっ こ **一個** ikko
一人份 いちにんまえ **一人前** ichininmae	一箱 ひとはこ **一箱** hitohako	一袋 ひとふくろ **一袋** hitofukuro	一盒 **ワンパック** wanpakku

18 ～を～ください。

基本句型

給我～。

名詞 ＋ を ＋ 数量 ＋ ください。
　　　o　　　　　　kudasai

給我一個披薩。

ピザを一つ<ruby>一<rt>ひと</rt></ruby>つください。

piza o hitotsu kudasai

給我兩張車票。

<ruby>切符<rt>きっぷ</rt></ruby>を２<ruby>枚<rt>まい</rt></ruby>ください。

kippu o nimai kudasai

將下列單字套入句型中，變化出更多生活上的常用句子。

 替換單字

啤酒　一杯	水餃　兩個	毛巾　兩條
ビール／<ruby>一杯<rt>いっぱい</rt></ruby>	ギョーザ／<ruby>二<rt>ふた</rt></ruby>つ	タオル／２<ruby>枚<rt>まい</rt></ruby>
biiru ippai	gyooza futatsu	taoru nimai

生魚片　兩人份	香蕉　一串	香煙　一條
<ruby>刺身<rt>さしみ</rt></ruby>／２<ruby>人前<rt>にんまえ</rt></ruby>	バナナ／<ruby>一房<rt>ひとふさ</rt></ruby>	タバコ／ワンカートン
sashimi nininmae	banana hitofusa	tabako wankaaton

47

19 ～ください。

請～。

動詞 ＋ください。
kudasai

請給我看一下。

見_みせてください。
misete kudasai

請告訴我。

教_{おし}えてください。
oshiete kudasai

將下列單字套入句型中，變化出更多生活上的常用句子。

 替換單字

等一下 待_まって matte	叫一下 呼_よんで yonde	喝 飲_のんで nonde	寫 書_かいて kaite
借過一下 通_{とお}して tooshite	開 開_あけて akete	借我看一下 見_みせて misete	說 言_いって itte

48

20　～を～ください。

基本句型　　　　　　　　　　　　　　　　　　track **3-24** ♫

請～。

名詞 ＋を (て～) ＋ 動詞 ＋ください。
o (te~)　　　　　　　　　kudasai

請換房間。
部屋を変えてください。
heya o kaete kudasai

請叫警察。
警察を呼んでください。
keesatsu o yonde kudasai

將下列單字套入句型中，變化出更多生活上的常用句子。

 替換單字

房間 打掃 部屋を／掃除して heya o soojishite	這個 說明 これを／説明して kore o setsumeeshite	外套 脫 コートを／脱いで kooto o nuide
向右 轉 右に／曲がって migi ni magatte	用漢字 寫 漢字で／書いて kanji de kaite	在那裡 停車 そこで／止まって soko de tomatte

速聽！聽覺刺激法！　　　　　　　　　　　　track **3-25** ♪

①先看中文翻譯→②以 2 倍速度來速聽、速讀內容，請邊聽邊看對話內容→③再以一般速度測試一次→④不看內容，跟在光碟後面，模仿老師的發音大聲唸出。

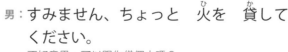

MP3：2 倍速度 ⇨ 一般速度

男：すみません、ちょっと　火を　貸して
　　ください。
　　不好意思，可以跟你借個火嗎？

女：はい、どうぞ。
　　好，請。

男：ありがとう　ございます。
　　謝謝。

女：どう　いたしまして。
　　不客氣。

補充單字　一寸（ちょっと）／區 稍微，一點；一下子，暫且／火（ひ）／名 火；火焰／
貸す（かす）／他五 借出，借給；出租，組給

生活錦囊

「ちょっと」本來是「一點兒、稍微」的意思，但是在日常的會話中使用它會讓人感到語氣婉轉。我們看這個會話，即使省去「ちょっと」，句子本身的意思也不會有所改變，但是多加入了「ちょっと」講話的語氣就婉轉多了。

迷你文法

❶「てください」表示請求某人做某事。

❷「はい、どうぞ。」中的「はい」是把東西遞給對方的用詞。「どうぞ」是許可或勸促對方採取某行動時的用詞。

50

說法百百種！

跟問事相關內容，還有下面各種不同說法，請配合光碟每句練習3到5次。

いろいろ 1 提問常用說法

• 花子さんは 今 何を して いますか。
  花子小姐，現在在做什麼？

• 女の 人は これから 何を しますか。
  對話中的女性，打算接下來要做什麼？

• 男の 人は 日曜日に 何を しましたか。
  對話中的男性，星期天做了什麼？

いろいろ 2 重要的關鍵詞語

• ここを 押して ください。→写真を 撮ります。
  請按下這裡。→照相。

• 次の 駅で 降ります。→電車か バスなどに 乗ります。
  在下一車站下車。→搭乘電車或是公車之類的交通工具。

• 少し 短く して ください→髪を 切って います。
  請將它剪短一些。→剪頭髮。

• 航空便で お願いします→手紙を 出して います。
  請以航空郵件寄出。→寄信。

いろいろ 3 這也是關鍵詞語

• それは いけませんね。→病気です。
  那真是糟糕。→生病。

• お大事に。→病気です。
  請多多保重。→生病。

21 ～ください。

基本句型 track **3-27** ♫

請～。

形容詞 ＋ 動詞 ＋ください。
kudasai

請趕快起床。
早く起きてください。
hayaku okite kudasai

將下列單字套入句型中，變化出更多生活上的常用句子。

請打掃乾淨。
きれいに掃除してください。
kiree ni soojishite kudasai

 替換單字

簡單　說明	小塊　切	短　長度縮
やさしく／説明して	小さく／切って	短く／つめて
yasashiku setsumeeshite	chiisaku kitte	mijikaku tsumete

便宜　賣	偉大的人　當一位	安靜　走路
安く／売って	立派に／なって	静かに／歩いて
yasuku utte	rippa ni natte	shizuka ni aruite

22 ～してください。

請（弄）～。

| 形容詞 | ＋してください。 |
shite kudasai

請算便宜一點。
やす
安くしてください。
yasuku shite kudasai

將下列單字套入句型中，
變化出更多生活上的常
用句子。

請快一點。
はや
早くしてください。
hayaku shite kudasai

 替換單字

亮	大	暖	短
あか	おお	あたた	みじか
明るく	**大きく**	**暖かく**	**短く**
akaruku	ookiku	atatakaku	mijikaku

可愛	涼	乾淨	安靜
	すず		しず
かわいく	**涼しく**	**きれいに**	**静かに**
kawaiku	suzushiku	kiree ni	shizuka ni

23 〜いくらですか。

基本句型

track **3-29** 🎵

〜多少錢？

名詞 ＋いくらですか。
ikura desuka

這個多少錢？

これ、いくらですか。
kore, ikura desuka

大人要多少錢？

大人、いくらですか。
おとな
otona, ikura desuka

將下列單字套入句型中，變化出更多生活上的常用句子。

替換單字

帽子	絲巾	唱片	領帶
ぼうし			
帽子	**スカーフ**	**レコード**	**ネクタイ**
booshi	sukaafu	rekoodo	nekutai

耳環	戒指	太陽眼鏡	比基尼
	ゆびわ		
イヤリング	**指輪**	**サングラス**	**ビキニ**
iyaringu	yubiwa	sangurasu	bikini

24 〜いくらですか。

基本句型

〜多少錢？

数量 ＋いくらですか。
ikura desuka

一個多少錢？
一（ひと）つ、いくらですか。

hitotsu, ikura desuka

一個小時多少錢？
1（いち）時（じ）間（かん）、いくらですか。

ichijikan, ikura desuka

將下列單字套入句型中，
變化出更多生活上的常
用句子。

 替換單字

| 一套 いっちゃく **一着** icchaku | 一隻 いっぴき **一匹** ippiki | 一袋 ひとふくろ **一袋** hitofukuro | 一台 いちだい **一台** ichidai |

| 一束（一捆、一把） ひとたば **一束** hitotaba | 一雙 いっそく **一足** issoku | 一套 **ワンセット** wansetto | 一盒 **ワンパック** wanpakku |

25 〜いくらですか。

〜 多少錢？

名詞 ＋ 數量 ＋ いくらですか。
ikura desuka

這個一個多少錢？

これ、一ついくらですか。
kore, hitotsu ikura desuka

將下列單字套入句型中，變化出更多生活上的常用句子。

生魚片一人份多少錢？

刺身、一人前いくらですか。
sashimi, ichininmae ikura desuka

替換單字

鞋　一雙	蛋　一盒	手套　一雙
くつ／一足	たまご／ワンパック	手袋／一組
kutsu issoku	tamago wanpakku	tebukuro hitokumi

（洋）蔥　一把	狗　一隻	相機　一台
ねぎ／一束	犬／一匹	カメラ／一台
negi hitotaba	inu ippiki	kamera ichidai

26 ～はありますか。

有～嗎？

名詞＋はありますか。
wa arimasuka

有報紙嗎？
しんぶん
新聞はありますか。
shinbun wa arimasuka

有位子嗎？
せき
席はありますか。
seki wa arimasuka

將下列單字套入句型中，
變化出更多生活上的常
用句子。

 替換單字

電視	冰箱 れいぞうこ	傳真	健身房
テレビ	**冷蔵庫**	**ファックス**	**ジム**
terebi	reezooko	fakkusu	jimu

保險箱 きんこ	游泳池	熨斗	衛星節目 えいせいほうそう
金庫	**プール**	**アイロン**	**衛星放送**
kinko	puuru	airon	eeseehoosoo

27 ～はありますか。

基本句型

有～ 嗎？

| 場所 |＋はありますか。
wa arimasuka

有郵局嗎？
ゆうびんきょく
郵便局はありますか。
yuubinkyoku wa arimasuka

將下列單字套入句型中，
變化出更多生活上的常
用句子。

有大眾澡堂嗎？
せんとう
銭湯はありますか。
sentoo wa arimasuka

 替換單字

電影院 えいがかん **映画館** eegakan	公園 こうえん **公園** kooen	庭園 ていえん **庭園** teeen	美術館 びじゅつかん **美術館** bijutsukan
滑雪場 じょう **スキー場** sukiijoo	飯店 **ホテル** hoteru	民宿 みんしゅく **民宿** minshuku	旅館 りょかん **旅館** ryokan

28 〜はありますか。

基本句型　　　　　　　　　　　　　　　track **3-34** ♫

有〜嗎？

形容詞 ＋ 名詞 ＋はありますか。
wa arimasuka

有便宜的位子嗎？
安^{やす}い席^{せき}はありますか。
yasui seki wa arimasuka

將下列單字套入句型中，
變化出更多生活上的常
用句子。

有紅色的裙子嗎？
赤^{あか}いスカートはありますか。
akai sukaato wa arimasuka

 替換單字

大的　房間
大^{おお}きい／部屋^{へや}
ookii heya

便宜的　旅館
安^{やす}い／旅館^{りょかん}
yasui ryokan

古老的　神社
古^{ふる}い／神社^{じんじゃ}
furui jinja

黑色的　高跟鞋
黒^{くろ}い／ハイヒール
kuroi haihiiru

白色的　連身裙
白^{しろ}い／ワンピース
shiroi wanpiisu

可愛的　內衣
かわいい／下着^{したぎ}
kawaii shitagi

29 ～はどこですか。

基本句型 track **3-35** ♫

～ 在哪裡？

場所 ＋はどこですか。

wa doko desuka

廁所在哪裡？

トイレはどこですか。

toire wa doko desuka

便利商店在哪裡？

コンビニはどこですか。

konbini wa doko desuka

將下列單字套入句型中，變化出更多生活上的常用句子。

 替換單字

百貨公司	超市	水族館 すいぞくかん	名產店 み や げ もの や
デパート	**スーパー**	**水族館**	**土産物屋**
depaato	suupaa	suizokukan	miyagemonoya

棒球場 や きゅうじょう	劇場 げきじょう	遊樂園 ゆうえん ち	美容院 び よういん
野球場	**劇場**	**遊園地**	**美容院**
yakyuujoo	gekijoo	yuuenchi	biyooin

速聽！聽覺刺激法！　　　　　　　　　　　　　track **3-36** ♬

①先看中文翻譯→②以 2 倍速度來速聽、速讀內容，請邊聽邊看對話內容→③再以一般速度測試一次→④不看內容，跟在光碟後面，模仿老師的發音大聲唸出。

MP3：2 倍速度 ⇨ 一般速度

女：すみません。映画館は　どこですか。
不好意思。電影院在哪裡？

男：ここを　まっすぐ　行って、二つ　目の　角を　右に　曲がります。
這裡直走，在第 2 個轉角右轉。

女：二つ　目の　角を　右ですね。
第 2 轉角右轉是吧！

男：はい、右に　曲がったら、橋を　渡ります。
是的，右轉後，過橋。

女：橋を　渡るんですね。
過橋是吧！

男：はい、渡って　左に　あります。
是，過橋後就在左邊。

女：ありがとう　ございました。
謝謝你！

生活錦囊

問路時找派出所的警員或商店（如米店、香菸店、蔬果店）的人，會比打聽行人方便些。而迷路的時候，最耐心給予幫助的是交通警察，有時為了詳細說明還會幫我們畫地圖。

迷你文法

❶「二つ目の角を右に曲がります。」這裡的助詞「を」表示經過或移動的場所，而且「を」後面要接自動詞。「に」是表示動作的方向。

❷「たら」表示假設的條件。

說法百百種！

跟場所相關內容，還有下面各種不同說法，請配合光碟每句練習 3 到 5 次。

いろいろ **1** 場所常用的問法

- 帽子は どこで 売って いますか。
  哪裡有賣帽子？

- 本屋は どこに ありますか。
  書店在哪裡？

- タクシーは どの 道を 行きますか。
  計程車走哪一條路？

いろいろ **2** 指示場所常用說法

- まっすぐ 行きます。
  直走。

- 次の 角を 左に 曲がります。
  下一個轉角左轉。

- 信号を 渡ります。
  過紅綠燈。

いろいろ **3** 指位置常用說法

- 隣の ビルです。こちらを 右へ。
  隔壁的大樓。右轉。

- 右側に 曲がって、右側の 三つの 部屋です。
  轉向右邊，右邊的第 3 個房間。

- 駅の 前の 大きい デパート 分かりますか。銀行は その 後ろです。
  看到車站的大百貨公司了嗎？銀行在它的後面。

- 私の 家は、丸い 建物です。白くて 高い 建物の 右です。
  我家是圓形的建築物。就位於白色高大的建築物的右邊。

30 ～をお願いします。

基本句型　　　　　　　　　　　　　　track **3-38** ♫

> 麻煩你我要～。
>
> ## 名詞 ＋をお願いします。
> o onegai shimasu

麻煩給我行李。
荷物をお願いします。
nimotsu o onegai shimasu

麻煩結帳。
お勘定をお願いします。
okanjoo o onegai shimasu

將下列單字套入句型中，變化出更多生活上的常用句子。

 替換單字

洗衣 せんたくもの **洗濯物** sentakumono	點菜 ちゅうもん **注文** chuumon	兌幣 りょうがえ **両替** ryoogae	客房服務 **ルームサービス** ruumusaabisu
住宿登記 **チェックイン** chekkuin	收據 りょうしゅうしょ **領収書** ryooshuusho	一張 いちまい **一枚** ichimai	預約 よやく **予約** yoyaku

63

31 ～でお願（ねが）いします。

基本句型

麻煩你我要～。

名詞 ＋で願（ねが）いします。
de onegai shimasu

麻煩我要空運。

航空便（こうくうびん）でお願（ねが）いします。
kookuubin de onegai shimasu

將下列單字套入句型中，
變化出更多生活上的常
用句子。

麻煩你我要用信用卡付款。

カードでお願（ねが）いします。
kaado de onegai shimasu

替換單字

海運 ふなびん **船便** funabin	限時信件 そくたつ **速達** sokutatsu	掛號 かきとめ **書留** kakitome	包裹 こ づつみ **小包** kozutsumi
一次付清 いっかつ **一括** ikkatsu	分開計算 べつべつ **別々** betsubetsu	飯前 しょくぜん **食前** shokuzen	飯後 しょく ご **食後** shokugo

32 ～までお願いします。

基本句型

track **3-40** ♫

麻煩載我到～。

場所 ＋までお願いします。

made onegai shimasu

麻煩載我到車站。

駅までお願いします。

eki made onegai shimasu

將下列單字套入句型中，
變化出更多生活上的常
用句子。

請麻煩載我到飯店。

ホテルまでお願いします。

hoteru made onegai shimasu

替換單字

郵局 ゆうびんきょく **郵便局** yuubinkyoku	銀行 ぎんこう **銀行** ginkoo	區公所 く やくしょ **区役所** kuyakusho	公園 こうえん **公園** kooen
圖書館 と しょかん **図書館** toshokan	電影院 えい が かん **映画館** eegakan	百貨公司 **デパート** depaato	這裡 **ここ** koko

33 ～お願いします。
（ねが）

請給我～。

| 名詞 | ＋ | 數量 | ＋お願いします。 |
onegai shimasu

請給我成人票一張。

大人一枚お願いします。
（おとな）（いちまい）　（ねが）
otona ichimai onegai shimasu

請給我一瓶啤酒。

ビール一本お願いします。
（いっぽん）　（ねが）
biiru ippon onegai shimasu

將下列單字套入句型中，
變化出更多生活上的常
用句子。

替換單字

玫瑰　兩朵
バラ／**2本**
（に）（ほん）
bara nihon

筆記本　３本
ノート／**3冊**
（さんさつ）
nooto sansatsu

魚　兩條
魚／**2匹**
（さかな）（に　ひき）
sakana nihiki

襯衫　一件
シャツ／一枚
（いちまい）
shatsu ichimai

套裝　一套
スーツ／一着
（いっちゃく）
suutsu icchaku

相機　一台
カメラ／一台
（いちだい）
kamera ichidai

34　〜はどうですか。

基本句型　　　　　　　　　　　　　　　track **3-42** ♫

〜如何？

名詞 ＋はどうですか。
wa doo desuka

烤肉如何？
焼肉はどうですか。
yakiniku wa doo desuka

旅行怎麼樣？
旅行はどうですか。
ryokoo wa doo desuka

將下列單字套入句型中，變化出更多生活上的常用句子。

 替換單字

領帶	電車	計程車	夏威夷
ネクタイ	電車	タクシー	ハワイ
nekutai	densha	takushii	hawai

壽司	關東煮	星期天	天氣
寿司	おでん	日曜日	天気
sushi	oden	nichiyoobi	tenki

35 〜の〜はどうですか。

基本句型

track **3-43** ♫

〜的〜 如何？

| 時間 |＋の＋| 名詞 |＋はどうですか。
no　　　　　　　　 wa doo desuka

今年的運勢如何？

今年の運勢はどうですか。
kotoshi no unsee wa doo desuka

將下列單字套入句型中，
變化出更多生活上的常
用句子。

昨天的考試如何？

昨日の試験はどうですか。
kinoo no shiken wa doo desuka

替換單字

今天　天氣
今日／天気
kyoo tenki

昨天　音樂會
昨日／音楽会
kinoo ongakukai

星期天　考試
日曜日／試験
nichiyoobi shiken

昨晚　菜
昨晩／料理
sakuban ryoori

上個月　旅行
先月／旅行
sengetsu ryokoo

星期六　比賽
土曜日／試合
doyoobi shiai

36 〜がいいです。

基本句型

我要〜。

名詞 ＋がいいです。
ga ii desu

我要咖啡。

コーヒーがいいです。
koohii ga ii desu

將下列單字套入句型中，
變化出更多生活上的常
用句子。

我要天婦羅。

てんぷらがいいです。
tenpura ga ii desu

 替換單字

這個 これ kore	那個 （聽話者附近的） それ sore	那個 （兩者範圍以外的） あれ are	蕃茄 トマト tomato
西瓜 スイカ suika	拉麵 ラーメン raamen	烏龍麵 うどん udon	果汁 ジュース juusu

37 〜がいいです。

基本句型

我要〜。

形容詞 ＋がいいです。
ga ii desu

我要大的。
<ruby>大<rt>おお</rt></ruby>きいのがいいです。
ookii noga ii desu

我要便宜的。
<ruby>安<rt>やす</rt></ruby>いのがいいです。
yasui noga ii desu

將下列單字套入句型中，
變化出更多生活上的常
用句子。

 替換單字

小的	藍的	黑的	短的
<ruby>小<rt>ちい</rt></ruby>さいの	<ruby>青<rt>あお</rt></ruby>いの	<ruby>黒<rt>くろ</rt></ruby>いの	<ruby>短<rt>みじか</rt></ruby>いの
chiisai no	aoi no	kuroi no	mijikai no

冰的	耐用的	普通的	熱鬧的
<ruby>冷<rt>つめ</rt></ruby>たいの	<ruby>丈夫<rt>じょうぶ</rt></ruby>なの	<ruby>普通<rt>ふつう</rt></ruby>なの	<ruby>賑<rt>にぎ</rt></ruby>やかなの
tsumetai no	joobu nano	futuu nano	nigiyaka nano

38 ～もいいですか。

基本句型　　　　　　　　　　　　　　track **3-46** ♫

可以～ 嗎？

動詞＋もいいですか。
mo ii desuka

可以喝嗎？
飲んでもいいですか。
nondemo ii desuka

可以試穿嗎？
試着してもいいですか。
shichaku shitemo ii desuka

將下列單字套入句型中，
變化出更多生活上的常
用句子。

 替換單字

吃	坐	摸	聽（問）
食べて	座って	触って	聞いて
tabete	suwatte	sawatte	kiite

看	休息	唱	用
見て	休んで	歌って	使って
mite	yasunde	utatte	tsukatte

39 〜もいいですか。

基本句型

可以〜嗎？

名詞 ＋ (を／に〜) ＋ 動詞 ＋
o／ni~

もいいですか。
mo ii desuka

可以抽煙嗎？

タバコを吸ってもいいですか。
tabako o suttemo ii desuka

將下列單字套入句型中，
變化出更多生活上的常
用句子。

可以坐這裡嗎？

ここに座ってもいいですか。
koko ni suwattemo ii desuka

替換單字

相 照	歌 唱	鋼琴 彈
写真を／撮って	歌を／歌って	ピアノを／弾いて
shashin o totte	uta o utatte	piano o hiite

在這裡 寫	啤酒 喝	鞋子 脫
ここに／書いて	ビールを／飲んで	靴を／脱いで
koko ni kaite	biiru o nonde	kutsu o nuide

40 〜たいです。

基本句型

track **3-48** ♫

我想〜。

動詞 + たいです。
tai desu

我想吃。

食べたいです。

tabetai desu

我想聽。

聞きたいです。

kikitai desu

將下列單字套入句型中，
變化出更多生活上的常
用句子。

替換單字

玩 あそ **遊び** asobi	走路 ある **歩き** aruki	游泳 およ **泳ぎ** oyogi	買 か **買い** kai
回家 かえ **帰り** kaeri	飛 と **飛び** tobi	說 はな **話し** hanashi	搭乘 の **乗り** nori

41 ～たいです。

基本句型

track **3-49** ♫

我想到～。

場所 ＋まで、行きたいです。
made, ikitai desu

想到澀谷。
渋谷駅（しぶやえき）まで行（い）きたいです。
shibuyaeki made ikitai desu

將下列單字套入句型中，變化出更多生活上的常用句子。

想到成田機場。
成田空港（なりたくうこう）まで行（い）きたいです。
naritakuukoo made ikitai desu

替換單字

新宿 しんじゅく **新宿** shinjuku	原宿 はらじゅく **原宿** harajuku	青山 あおやま **青山** aoyama	惠比壽 え び す **恵比寿** ebisu
池袋 いけぶくろ **池袋** ikebukuro	橫濱 よこはま **横浜** yokohama	鎌倉 かまくら **鎌倉** kamakura	伊豆 い ず **伊豆** izu

42 ～たいです。

track **3-50** ♫

想～。

名詞 ＋（を／に～）＋ 動詞 ＋たいです。
o／ni~　　　　　　　　tai desu

想泡溫泉。
<ruby>温泉<rt>おんせん</rt></ruby>に<ruby>入<rt>はい</rt></ruby>りたいです。
onsen ni hairi tai desu

想預約房間。
<ruby>部屋<rt>へや</rt></ruby>を<ruby>予約<rt>よやく</rt></ruby>したいです。
heya o yoyaku shitai desu

將下列單字套入句型中，變化出更多生活上的常用句子。

 替換單字

電影　看 <ruby>映画<rt>えいが</rt></ruby>を／<ruby>見<rt>み</rt></ruby> eega o mi	高爾夫球　打 ゴルフを／し gorufu o shi	煙火　看 <ruby>花火<rt>はなび</rt></ruby>を／<ruby>見<rt>み</rt></ruby> hanabi o mi
料理　吃 <ruby>料理<rt>りょうり</rt></ruby>を／<ruby>食<rt>た</rt></ruby>べ ryoori o tabe	演唱會　去聽 コンサートに／<ruby>行<rt>い</rt></ruby>き konsaato ni iki	卡拉OK　去唱 カラオケに／<ruby>行<rt>い</rt></ruby>き karaoke ni iki

43 ～を探しています。

我要找～。

名詞 ＋を探しています。
o sagashite imasu

我要找裙子。

スカートを探しています。
sukaato o sagashite imasu

將下列單字套入句型中，
變化出更多生活上的常
用句子。

我要找雨傘。

傘を探しています。
kasa o sagashite imasu

替換單字

褲子	休閒鞋	手帕	洗髮精
ズボン	**スニーカー**	**ハンカチ**	**シャンプー**
zubon	suniikaa	hankachi	shanpuu

領帶	唱片	皮帶	圍巾
ネクタイ	**レコード**	**ベルト**	**マフラー**
nekutai	rekoodo	beruto	mafuraa

44 〜がほしいです。

基本句型

我要〜。

| 名詞 |＋がほしいです。
ga hoshii desu

想要鞋子。
靴（くつ）がほしいです。
kutsu ga hoshii desu

想要香水。
香水（こうすい）がほしいです。
koosui ga hoshii desu

將下列單字套入句型中，變化出更多生活上的常用句子。

 替換單字

録音帶	録影機	底片	收音機
テープ	**ビデオカメラ**	**フィルム**	**ラジオ**
teepu	bideokamera	fuirumu	rajio

襪子	手帕	字典	筆記本
靴下（くつした）	**ハンカチ**	**辞書（じしょ）**	**ノート**
kutsushita	hankachi	jisho	nooto

45 ～が上手です。
じょう ず

很會～。

名詞 ＋ が上手です。
じょう ず
ga joozu desu

很會唱歌。
歌が上手です。
うた　　じょう ず
uta ga joozu desu

將下列單字套入句型中，
變化出更多生活上的常
用句子。

很會打網球。
テニスが上手です。
じょう ず
tenisu ga joozu desu

 替換單字

煮菜 りょう り **料理** ryoori	游泳 すいえい **水泳** suiee	打籃球 **バスケット ボール** basukettobooru	打棒球 や きゅう **野球** yakyuu
打桌球 **ピンポン** pinpon	講英語 えい ご **英語** eego	講日語 に ほん ご **日本語** nihongo	講中文 ちゅうごく ご **中国語** chuugokugo

46 ～すぎます。

基本句型   track **3-54** ♫

太～。

| 形容詞 | ＋すぎます。
sugimasu

太貴。
<ruby>高<rt>たか</rt></ruby>すぎます。
taka sugimasu

將下列單字套入句型中，
變化出更多生活上的常
用句子。

太大。
<ruby>大<rt>おお</rt></ruby>きすぎます。
ooki sugimasu

 替換單字

低 <ruby>低<rt>ひく</rt></ruby> hiku	小 <ruby>小<rt>ちい</rt></ruby>さ chiisa	快 <ruby>速<rt>はや</rt></ruby> haya	難 <ruby>難<rt>むずか</rt></ruby>し muzukashi
重 <ruby>重<rt>おも</rt></ruby> omo	軽 <ruby>軽<rt>かる</rt></ruby> karu	厚 <ruby>厚<rt>あつ</rt></ruby> atsu	薄 <ruby>薄<rt>うす</rt></ruby> usu

速聽！聽覺刺激法！　　　　　　　　　　　　　　　track 3-55 ♫

①先看中文翻譯→②以 2 倍速度來速聽、速讀內容，請邊聽邊看對話內容→③再以一般速度測試一次→④不看內容，跟在光碟後面，模仿老師的發音大聲唸出。

MP3：2 倍速度 ⇨ 一般速度

女：きれいな　アパートですね。
真是漂亮的公寓啊。

男：ええ、ダイニングが　あって、和室も
一つ　ある。広いでしょう。
對，它附有廚房餐廳，也有間和室呢。很寬敞吧。

女：家賃は　いくらですか。
租金是多少呢？

男：8万円です。駅から　遠いので、安く
なって　います。
8 萬圓。因為它離車站挺遠的，所以才會這麼便宜。

女：駅まで　どのぐらいですか。
到車站大概要多久？

男：歩いて　30分です。
走路大約 30 分鐘。

女：それは　遠すぎます。もっと　近いのは
ありませんか。
那真是太遠了。沒有更近的嗎？

男：では、こちらは　いかがでしょうか。
那麼，這個如何呢？

生活錦囊

「いかが」用在詢問對方的想法的時候，也用在詢問對方的健康狀況，可譯作「如何」、「怎麼樣」。意思跟「どう」一樣，只是「いかが」說法更有禮貌。可譯作「如何」、「怎麼樣」。兩者也用在勸誘時。

迷你文法

❶「ので」是客觀地敘述前後兩項事的因果關係，前句是原因，後句是因此而發生的事。表示「因為...」的意思。

說法百百種！

跟原因相關內容，還有下面各種不同說法，請配合光碟每句練習 3 到 5 次。

💬 いろいろ **1** 常用的問法

- 女の 人は どうして この アパートを 借りませんか。
  女性為何不租這公寓呢？

- 男の 人は どうして 牛乳を 飲みません でしたか。
  男性為何不喝牛奶呢？

- 男の 人は どうして 月曜日 休みますか。
  男性為何下禮拜一要請假？

💬 いろいろ **2** 各種原因的說法（形容詞）

- 高いからです。
  因為太貴了。

- 古いからです。
  因為太舊了。

- 狭いからです。
  因為太窄了。

💬 いろいろ **3** 各種原因的說法（形容動詞）

- 便利じゃ ないからです。
  因為不方便。

- 嫌いだからです。
  因為不喜歡。

- 好きだからです。
  因為我喜歡。

47 ～が好^すきです。

基本句型 track **3-57** 🎵

喜歡～。

名詞 ＋が好^すきです。
ga suki desu

喜歡漫畫。

マンガが好^すきです。
manga ga suki desu

將下列單字套入句型中，
變化出更多生活上的常
用句子。

喜歡電玩。

ゲームが好^すきです。
geemu ga suki desu

 替換單字

網球	棒球	足球	釣魚
テニス	野球^{やきゅう}	サッカー	つり
tenisu	yakyuu	sakkaa	tsuri

高爾夫	兜風	爬山	游泳
ゴルフ	ドライブ	登山^{とざん}	水泳^{すいえい}
gorufu	doraibu	tozan	suiee

速聽！聽覺刺激法！　　　　　　　　　　　　　track **3-58** ♫

①先看中文翻譯→②以 2 倍速度來速聽、速讀內容，請邊聽邊看對話內容→③再以一般速度測試一次→④不看內容，跟在光碟後面，模仿老師的發音大聲唸出。

MP3：2 倍速度 ⇨ 一般速度

男：ここの　焼肉、とても　おいしいです
よ。
這家店的烤肉很好吃唷。

女：ああ、焼肉は　ちょっと…。
啊，烤肉我不大喜歡……。

補充單字　ここ 代 這裡／肉 名 肉／とても 副 很，非常／美味しい 形 美味的，可口的，好吃的／ああ 感 （表示驚訝等）啊，唉呀；哦

生活錦囊

「焼肉はちょっと…。」這裡省略了「好きじゃない」的說法。在不能滿足對方提出的要求的情況下，日本人一般不直接的回絕，而是用這種婉轉的說法。這是日本人說話的一種習慣。

迷你文法

❶ 句子＋「よ」。請對方注意，或使對方接受自己的意見時，用來加強語氣。

說法百百種！

跟領悟相關內容，還有下面各種不同說法，請配合光碟每句練習 3 到 5 次。

💬 いろいろ **1** 提問常用說法

* 二人は この 歌が 好きですか。

  對話中的兩人，喜歡這首歌嗎？

* この 店の コーヒーは どうですか。

  這家店的咖啡，味道如何？

* 女の 人は 何と 言いましたか。

  這位女士說了什麼？

💬 いろいろ **2** 婉轉拒絕常用說法

* これは、ちょっと…。

  這個我不大喜歡……。

* ああ、すみません、私は ちょっと…。

  啊，不好意思，我不大方便……。

* ああ、私も 行きたいですけど…。

  啊，我也想去但……。

💬 いろいろ **3** 婉轉反對常用說法

* そうですか。

  是這樣子嗎？

* さあ、どうでしょうか。

  恩，也不見得吧。

* そうですか。私は、あまり…。

  是這樣子嗎？但我不覺得……。

48 〜に興味（きょうみ）があります。

基本句型

track **3-60** ♫

對〜有興趣。

名詞 ＋に興味（きょうみ）があります。
ni kyoomi ga arimasu

對音樂有興趣。
音楽（おんがく）に興味（きょうみ）があります。
ongaku ni kyoomi ga arimasu

對漫畫有興趣。
マンガに興味（きょうみ）があります。
manga ni kyoomi ga arimasu

將下列單字套入句型中，變化出更多生活上的常用句子。

 替換單字

歴史 れきし **歴史** rekishi	政治 せいじ **政治** seeji	經濟 けいざい **経済** keezai	小說 しょうせつ **小説** shoosetsu
電影 えいが **映画** eega	藝術 げいじゅつ **芸術** geejutsu	花道 かどう **華道** kadoo	茶道 さどう **茶道** sadoo

49 ～で～があります。

基本句型

track **3-61** ♫

在～有～。

| 場所 |＋で＋| 慶典 |＋があります。
de　　　　　　ga arimasu

淺草有慶典。
浅草（あさくさ）でお祭（まつり）があります。
asakusa de omatsuri ga arimasu

將下列單字套入句型中，變化出更多生活上的常用句子。

札幌有雪祭。
札幌（さっぽろ）で雪祭（ゆきまつ）りがあります。
sapporo de yukimatsuri ga arimasu

替換單字

秋田　竿燈祭
秋田（あきた）／竿灯祭（かんとうまつり）
akita kantoomatsuri

青森　睡魔祭
青森（あおもり）／ねぶた祭（まつり）
aomori nebutamatsuri

仙台　七夕祭
仙台（せんだい）／七夕祭（たなばたまつり）
sendai tanabatamatsuri

東京　三社祭
東京（とうきょう）／三社祭（さんじゃまつり）
tookyoo sanjamatsuri

徳島　阿波舞祭
徳島（とくしま）／阿波踊（あわおど）り
tokushima awaodori

京都　祇園祭
京都（きょうと）／祇園祭（ぎおんまつり）
kyooto gionmatsuri

50 ～が痛いです。

基本句型

～痛。

身體 ＋が痛いです。
ga itai desu

頭痛。

頭<ruby>あたま</ruby>が痛<ruby>いた</ruby>いです。

atama ga itai desu

將下列單字套入句型中，變化出更多生活上的常用句子。

腳痛。

足<ruby>あし</ruby>が痛<ruby>いた</ruby>いです。

ashi ga itai desu

替換單字

肚子 なか **お腹** onaka	腰 こし **腰** koshi	膝蓋 **ひざ** hiza	牙齒 は **歯** ha
胸 **むね** mune	背部 せ なか **背中** senaka	手 て **手** te	手腕 うで **腕** ude

51 〜をなくしました。

基本句型

我把〜弄丟了。

物 ＋をなくしました。
o nakushimashita

我把錢包弄丟了。
財布をなくしました。
saifu o nakushimashita

我把相機弄丟了。
カメラをなくしました。
kamera o nakushimashita

將下列單字套入句型中，
變化出更多生活上的常
用句子。

 替換單字

票	機票	戒指	卡片
チケット	航空券 こうくうけん	指輪 ゆびわ	カード
chiketto	kookuuken	yubiwa	kaado

護照	眼鏡	外套	手錶
パスポート	眼鏡 めがね	コート	腕時計 うでどけい
pasupooto	megane	kooto	udedokee

52 ～に～を忘_{わす}れました。

基本句型

track **3-64** ♫

～忘在～了。

| 場所 | ＋に＋ | 物 | ＋を忘_{わす}れました。 |

ni　　　　　　o wasuremashita

包包忘在巴士上了。

バスにかばんを忘_{わす}れました。

basu ni kaban o wasuremashita

將下列單字套入句型中，
變化出更多生活上的常
用句子。

鑰匙忘在房間裡了。

部屋_{へ や}に鍵_{かぎ}を忘_{わす}れました。

heya ni kagi o wasuremashita

 替換單字

計程車　傘
タクシー／傘_{かさ}
takushii kasa

電車　報紙
電車_{でんしゃ}／新聞_{しんぶん}
densha sinbun

桌上　票
テーブルの上_{うえ}／切符_{きっ ぷ}
teeburu no ue kippu

浴室　手錶
バスルーム／腕時計_{うで ど けい}
basuruumu udedokee

53 〜を盗まれました。

基本句型

track **3-65** ♫

〜被偷了。

物 ＋を盗まれました。
o nusumaremashita

包包被偷了。

かばんを盗まれました。
kaban o nusumaremashita

錢被偷了。

現金を盗まれました。
genkin o nusumaremashita

將下列單字套入句型中，
變化出更多生活上的常
用句子。

替換單字

錢包 さいふ **財布** saifu	照相機 **カメラ** kamera	手錶 うでどけい **腕時計** udedokee	卡片 **カード** kaado
護照 **パスポート** pasupooto	機票 こうくうけん **航空券** kookuuken	駕照（執照） めんきょしょう **免許証** menkyoshoo	筆記型電腦 **ノート パソコン** nootopasokon

54 ～と思っています。

基本句型

我想～。

句 ＋ と思っています。
to omottte imasu

我想去日本。
日本に行きたいと思っています。
nihon ni ikitai to omottte imasu

我想那個人是犯人。
あの人が犯人だと思っています。
ano hito ga hanninda to omotte imasu

將下列單字套入句型中，變化出更多生活上的常用句子。

 替換單字

想當老師 先生になりたい sensee ni naritai	想住在郊外 郊外に住みたい koogai ni sumitai	想到國外旅行 海外旅行したい kaigairyokooshitai
她不會結婚 彼女は結婚しない kanojo wa kekkonshinai	他是對的 彼は正しい kare wa tadashii	幸好有去旅行 旅行してよかった ryokooshite yokatta

MEMO

Chapter

1 2 3 **4** 5

說說自己

介紹自己、談興趣、談夢想
網羅豐富話題
初次見面就能侃侃而談

❶ 自我介紹

1

我姓李。

基本句型

track **4-01** ♫

我姓～。

| 姓 | + です。
desu

替換單字

| 李
リー
李
rii | 金
キム
kimu | 鈴木
すず き
鈴木
suzuki | 田中
た なか
田中
tanaka |

其它例句

1
はじめまして、楊と申します。
ヨウ もう
hajimemashite , yoo to mooshimasu

初次見面，我姓楊。

2
よろしくお願いします。
ねが
yoroshiku onegai shimasu

請多指教。

3
こちらこそ、よろしく。
kochirakoso, yoroshiku

我才是，請多指教。

2 我從台灣來的。

基本句型

我從～來。

国名 ＋から来ました。
kara kimashita

替換單字

台灣 タイワン **台湾** taiwan	英國 **イギリス** igirisu	中國 ちゅうごく **中国** chuugoku	美國 **アメリカ** amerika

其它例句

1 お国はどちらですか。
okuni wa dochira desuka

您是哪國人？

2 私は台湾人です。
watashi wa taiwanjin desu

我是台灣人。

3 私は日本大学出身です。
watashi wa nihondaigaku shusshin desu

我畢業於日本大學。

3 我是粉領族。

基本句型

track **4-03** ♫

我是〜。

職業 ＋です。
desu

 替換單字

學生	醫生	粉領族	工程師
がくせい	いしゃ	オーエル	
学生	医者	OL	エンジニア
gakusee	isha	ooeru	enjinia

其它例句

1 お仕事は何ですか。
しごと なん
oshigoto wa nan desuka

您從事哪一種工作？

2 日本語 教師です。
にほんご きょうし
nihongo kyooshi desu

我是日語老師。

3 貿易会社で働いています。
ぼうえきがいしゃ はたら
booekigaisha de hataraite imasu

我在貿易公司工作。

速聽！聽覺刺激法！　　　　　　　　　　　　　　**track 4-04** ♫

①先看中文翻譯→②以 2 倍速度來速聽、速讀內容，請邊聽邊看對話內容→③再以一般速度測試一次→④不看內容，跟在光碟後面，模仿老師的發音大聲唸出。

MP3：2 倍速度 ⇨ 一般速度

男：お誕生日は、いつですか。

你什麼時候生日？

女：7月14日です。

7 月 14 日。

男：え。4月14日ですか。

咦！4 月 14 日嗎？

女：いいえ、4月じゃ　ありません。
　　　7月です。

不是，不是 4 月，是 7 月。

補充單字　誕生日 图 生日／何時 區 何時，幾時，什麼時候；平時／いいえ 感 不是，不對，沒有

生活錦囊

說到日期就想到日本的傳統節日，日本節日的特點是不帶任何宗教特色，對於新年的 1 月 1 日一般會隆重慶祝。還有，每年節日的日期，幾乎都是同一天。另外如果節日跟星期天重疊，星期一就調為休假日。

迷你文法

❶「いつ」表示不肯定的時間或疑問。可譯作「何時」、「幾時」。

❷「じゃ」是「では」的口語縮約形。

說法百百種！

跟時間相關內容，還有下面各種不同說法，請配合光碟每句練習３到５次。

💬 いろいろ **1** 時間的常用問法

- 二人は　何時に　会いますか。
  ２人幾點碰面？

- 宿題は　何曜日までですか。
  作業星期幾前交？

- 男の　人は　いつ　京都に　行きますか。
  男人什麼時候去京都？

💬 いろいろ **2** 過程中的干擾說法

- いえ、今週では　なくて、来週です。
  不，不是這個星期，是下星期。

- いえ、７月じゃ　なくて、４月です。
  不，不是７月是４月。

- えっ、違います。明日までですよ。
  咦！不是，是明天唷！

💬 いろいろ **3** 容易混淆的說法

- ４月４日→４月８日
  ４月４日→４月８日

- ４月７日→４月９日
  ４月７日→４月９日

1

這是我弟弟。

基本句型

這是～。

これは＋ 名詞 ＋です。
kore wa　　　　　desu

替換單字

弟弟 おとうと **弟** otooto	哥哥 あに **兄** ani	姊姊 あね **姉** ane	妹妹 いもうと **妹** imooto

其它例句

1　この人は誰ですか？
ひと　だれ
kono hito wa dare desuka

這個人是誰？

2　弟が一人います。
おとうと　ひとり
otooto ga hitori imasu

我有一個弟弟。

3　弟は私より２歳下です。
おとうと　わたし　に　さいした
otooto wa watashi yori nisai shita desu

弟弟比我小兩歲。

速聽！聽覺刺激法！

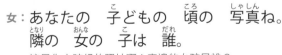

track **4-07** ♫

①先看中文翻譯→②以2倍速度來速聽、速讀內容，請邊聽邊看對話內容→③再以一般速度測試一次→④不看內容，跟在光碟後面，模仿老師的發音大聲唸出。

MP3：2倍速度 ⇨ 一般速度

女：あなたの 子どもの 頃の 写真ね。隣の 女の 子は 誰。

這是你小時候的照片啊！旁邊的女孩是誰？

男：僕の 姉だよ。姉は 今は 髪が 長いけれど、子どもの 頃は 肩までしか なかった。あの 頃は、姉は 背が 高かったなあ。でも、今は 僕の ほうが 高く なった。

是我姊姊唷！姊姊現在頭髮很長，但小時候只留到肩膀。那時候姊姊個子很高，但是現在我比較高了。

女：そう、あの 頃、あなたは まだ めがねを かけて いなかったわね。

這樣，那時候你還沒戴眼鏡呢！

生活錦囊

平常稱呼自己的家屬和稱呼別人的家屬，說法是不一樣的。稱呼自己的家屬要謙虛，用「父、母、兄、姉、弟、妹」；稱呼別人家屬要尊敬，用「お父さん、お母さん、お姉さん、お兄さん、弟さん、妹さん」。

迷你文法

❶「今は 僕のほうが 高くなった。」這裡的「のほう」指兩個以上事物中的一個。「高くなった」就是「形容詞く＋なる」，這個句型表示事物的變化，至於「なる」的變化不是人為有意圖性的，是在無意識中物體本身產生的自然變化，例如，身體變高等等。

說法百百種！

跟人物相關內容，還有下面各種不同說法，請配合光碟每句練習 3 到 5 次。

💬 **いろいろ 1 人物常用問法**

• 花子さんの 兄弟に ついて 正しいのは どれですか。
有關花子的兄弟姊妹，哪個是正確的？

• 今 台所に いない 人は 誰ですか。
現在不在廚房的人是誰？

• 誰が 部屋の 掃除を しますか。
是誰要打掃房間？

💬 **いろいろ 2 家族共有多少人**

• 7人 います。
有 7 人。

• 5人 家族です。
5 人家庭。

• 全部で 7人です。
全部 7 個人。

💬 **いろいろ 3 詳細說明家族成員**

• 両親と 兄と 姉が います。
有父母、哥哥和姊姊。

• 弟が 二人。妹が 一人。
兩個弟弟，一個妹妹。

• 私の 上は 全部 男なんです。
我上面都是男生。

• 私は 末っ子です。
我是老么。

Chapter 4

2　哥哥是行銷員。

基本句型

track **4-09** ♫

～公司。

名詞 ＋の会社です。
no kaisha desu

 替換單字

汽車 くるま 車 kuruma	電腦 コンピュー ター konpyuutaa	鞋子 くつ 靴 kutsu	藥品 くすり 薬 kusuri

其它例句

1 兄（あに）はセールスマンです。
ani wa seerusuman desu

哥哥是行銷員。

2 お兄（にい）さんの会社（かいしゃ）はどちらで すか。
oniisan no kaisha wa dochira desuka

您哥哥在哪一家公司上班？

3 ABC 自動車（じどうしゃ）です。
eebiishii jidoosya desu

ABC 汽車。

3 我姉姉很活潑。

基本句型

我姉姉～。

姉は＋ 形容詞 ＋です。
ane wa　　　　　　desu

替換單字

| 活潑
あか
明るい
akarui | 溫柔
やさしい
yasashii | 有一點性急
すこ　たんき
少し短気
sukoshi tanki | 頑固
がんこ
頑固
ganko |

其它例句

1 姉はけちではありません。
ane wa kechi dewa arimasen

姉姉不小氣。

2 姉は友だちが多いです。
ane wa tomodachi ga ooi desu

姉姉朋友很多。

3 姉は彼氏がいません。
ane wa kareshi ga imasen

姉姉沒有男朋友。

速聽！聽覺刺激法！　　　　　　　　　　　　track 4-11 ♫

①先看中文翻譯→②以 2 倍速度來速聽、速讀內容，請邊聽邊看對話內容→③再以一般速度測試一次→④不看內容，跟在光碟後面，模仿老師的發音大聲唸出。

MP3：2 倍速度 ⇨ 一般速度

女：あ、あそこに いる 女の 人、うちの 隣に 引っ越して きた 山田さんよ。

啊！那裡的那個女人，就是搬到我們家隔壁的山田小姐。

男：どの 人。

哪個？

女：あの 眼鏡を かけて、背の 高い 人。

那個戴眼鏡，個子高高的。

男：ズボンを はいて いる 人。

穿褲子的那個嗎？

女：いいえ、短い スカートの 人よ。

不是啦！是穿迷你裙的那個。

男：ああ、わかった。きれいな 人だね。

啊，我知道了，人挺漂亮的嘛！

生活錦囊

日本人習慣在搬家後，馬上帶一些小禮物（毛巾、肥皂等）到鄰家拜訪，除了彼此碰面認識以外，也請近鄰往後要多加關照。

迷你文法

❶「うちの隣に引っ越してきた」裡的「てくる」表示搬家這一動作，是朝著說話人這一方面過來的。表示搬家這一動作朝的地點是用「に」表示，也就是搬到「うちの隣」（我家隔壁）之意了。

說法百百種！

跟人物相關內容，還有下面各種不同說法，請配合光碟每句練習 3 到 5 次。

💬 いろいろ **1** 提問常用說法

- この 男の 人は、どの 人ですか。
  這男性是哪一個？

- 女の 人の 子どもは どの 子ですか。
  女人的小孩是哪個？

- 男の 人が 見て いる 写真は どれですか。
  男人看的照片是哪張？

💬 いろいろ **2** 人物的外表

- 白い セーターと 黒い ズボンです。
  白色毛衣跟黑色褲子。

- 妹は 2年前、背が 低かったが。今は 私と 同じくら
  いです。
  妹妹兩年前個子矮，但現在跟我差不多高。

- あの 背の 高い、めがねを かけて いる 人。
  那個個子高高的，戴眼鏡的人。

- それから 帽子を かぶって います。
  然後戴著帽子。

💬 いろいろ **3** 人物的動作

- 手を 上げて いる 人。
  舉手的人。

- コーヒーを 飲んでる 人。
  喝飲料的人。

- タバコを 吸ってる 人。
  抽煙的人。

今天真暖和

基本句型

今天很～。

今日は＋ 形容詞 ＋ですね。
きょう
kyoo wa　　　　　　　　　desune

替換單字

熱 あつ **暑い** atsui	冷 さむ **寒い** samui	溫暖 あたた **暖かい** atatakai	涼爽 すず **涼しい** suzusii

其它例句

1 今日はいい天気ですね。
きょう　　　てんき
kyoo wa ii tenki desune

今天是好天氣。

2 雨が降っています。
あめ　ふ
ame ga futte imasu

正在下雨。

3 朝は晴れていました。
あさ　は
asa wa harete imashita

早上是晴天。

2 東京天氣如何？

基本句型

track **4-14** ♫

東京的〜如何？

東京の＋ 四季 ＋はどうですか。
tookyoo no　　　　　　　　wa doo desuka

替換單字

| 春天
はる
春
haru | 夏天
なつ
夏
natsu | 秋天
あき
秋
aki | 冬天
ふゆ
冬
fuyu |

其它例句

1 東京の夏は暑いです。
とうきょう　なつ　あつ
tookyoo no natsu wa atsui desu

東京夏天很熱。

2 でも、冬は寒いです。
ふゆ　さむ
demo, fuyu wa samui desu

但是冬天很冷。

3 あなたの国はどうですか。
くに
anata no kuni wa doo desuka

你的國家怎麼樣？

速聽！聽覺刺激法！　　　　　　　　　　　　track 4-15 🎵

①先看中文翻譯→②以 2 倍速度來速聽、速讀內容，請邊聽邊看對話內容→③再以一般速度測試一次→④不看內容，跟在光碟後面，模仿老師的發音大聲唸出。

MP3：2 倍速度 ⇨ 一般速度

女：次は　月曜日の　天気です。東京は、
一日　雨でしょう。京都は　晴れ。青
森は　くもりで、北海道には　雪が
降るでしょう。

接下來為您報導週一的天氣預報。東京預測一整天都下雨。京都則是晴天。青森縣是陰天，而北海道預測會下雪。

補充單字　月曜日 名 星期一／天気 名 天氣／一日 名 一天，終日；一整天；（每月的）一號(念為 "ついたち")／晴れる 下一 （天氣）晴，（雲霧）消散；（雨、雪）停止，放晴／雪 名 雪／降る 自五 落，下，降（雨、雪、霜等）

生活錦囊

6月到9月的夏秋季是日本的颱風季節，特別是集中在9月。這時候，電視、網路、報紙跟收音機都有關於颱風的詳細報導。

迷你文法

❶「次」（下來，接下來）表示順序排在下一個，緊接在後面的。

❷「でしょう」（...吧）表示說話人的推測，是播報天氣的常用語。

說法百百種！

跟天氣相關內容，還有下面各種不同說法，請配合光碟每句練習 3 到 5 次。

💬 いろいろ **1** 氣象報告必用說法 1

- 今日は　とても　寒い　一日でしたね。
  今天真是寒冷的一天啊。

- 明日は　一日　風が　強いでしょう。
  今天真是風大的一天啊。

- 朝は　晴れますが、午後から　雨に　なるでしょう。
  早上雖放晴，但下午則預計會轉為雨天。

💬 いろいろ **2** 氣象報告必用說法 2

- いい　天気ですが、風が　強く　なります。
  會是個好天氣，但風會變強。

- 今日も　一日　暖かい　日に　なるでしょう。
  今天預測也是溫暖的一天。

- 寒いから、夜は　雪に　なるでしょうね。
  因為溫度很低，所以預測會下雪。

💬 いろいろ **3** 氣象報告必用說法 3

- 今朝は　雨が　降って　いますが、昼頃には　やんで、午後
  は　晴れるでしょう。
  今早雖有下雨，但是預計中午左右會停雨，到了下午就會轉晴。

- 昼間は　曇って　いて　寒かったです。でも、午後からは
  いい　天気でした。
  白天天氣是陰天又寒冷。但是，下午以後就轉為好天氣了。

- 台風　6号は、今　千葉の　近くに　あります。
  颱風 6 號，現在位於千葉縣的附近。

3 明天會下雨吧！

基本句型

明天會（是）〜吧！

明日は＋ 名詞 ＋でしょう。
<ruby>明日<rt>あした</rt></ruby>
ashita wa　　　　　　deshoo

替換單字

| 雨天
あめ
雨
ame | 晴天
は
晴れ
hare | 陰天
くも
曇り
kumori | 下雪
ゆき
雪
yuki |

其它例句

1　明日は雨でしょう。
あした　あめ
ashita wa ame deshoo

明天會下雨吧！

2　明日は一日中暖かいでしょう。
あした　いちにちじゅうあたた
ashita wa ichinichijuu atatakai deshoo

明天一整天都很溫暖吧！

3　今晩の天気はどうでしょう。
こんばん　てん き
konban no tenki wa doo deshoo

今晚天氣不知道怎麼樣？

Chapter 4

4　東京 8 月天氣如何？

基本句型

track **4-18** ♫

1

替換單字

~的~如何？

地名 ＋の＋ 月 ＋はどうですか。
　　　　no　　　　　　wa doo desuka

| 東京　8月
とうきょう　はちがつ
東京／8月
tookyoo hachigatsu | 紐約　9月
**ニューヨーク
／9月**
　　く　がつ
nyuuyooku kugatsu | 台北　12月
タイペイ　じゅうに　がつ
台北／12月
taipee juunigatsu | 北京　9月
ペ キン　く がつ
北京／9月
pekin kugatsu |

2

7月到8月呢？

Q：7月から8月までは。
　　し ち が つ　　　　は ち が つ
shichigatsu kara hachigatsu madewa

很~。

A： 形容詞 ＋です。
　　　　　　　　desu

替換單字

| 熱
あつ
暑い
atsui | 涼爽
すず
涼しい
suzusii |

111

速聽！聽覺刺激法！  track **4-19** ♫

①先看中文翻譯→②以 2 倍速度來速聽、速讀內容，請邊聽邊看對話內容→③再以一般速度測試一次→④不看內容，跟在光碟後面，模仿老師的發音大聲唸出。

MP3：2 倍速度 ⇨ 一般速度

女：良夫、傘を 持って いきなさい。
良夫，帶把傘去吧。

男：どうして。よく 晴れて いるよ。
為什麼？天氣很晴朗呀。

女：午後から 雨が 降るわよ。
下午會下雨唷。

男：雪に なるかな。
會下雪嗎？

女：暖かいから、雪には ならないでしょう。
天氣還算暖和，應該不會下雪吧。

生活錦囊

日本天氣預報的特色是正確、詳細。有每天的最高跟最低溫度，每半天的晴、陰、雨等氣象狀況的變化跟降水概率，還有風向跟風力，海浪的高度、乾旱、雷雨等等。除此之外，一些局部地區的異常氣象狀況，會在電視等做跑馬燈式的立即報導。

迷你文法

❶「なさい」表示命令或指示。一般用在父母對孩子，老師對學生，上司對部屬的情況下。

❷「雪になる」是「名詞に＋なる」句型，表示事物的變化。如前面所說的，「なる」的變化不是人為有意圖性的，是在無意識中物體本身產生的自然變化。名詞後面接「なる」，要先接「に」再加上「なる」。

說法百百種！

跟天氣相關內容，還有下面各種不同說法，請配合光碟每句練習 3 到 5 次。

💬 いろいろ **1** 提問的常用說法

- 今日は どんな 天気ですか。
  今天天氣如何？

- 明日の 天気は、どう なりますか。
  明天天氣會如何？

- 昨日の 朝、海は どうでしたか。
  昨天早上的海邊狀況如何？

💬 いろいろ **2** 天氣必考說法

- 今朝は 晴れて います。
  今早天氣很晴朗。

- 午後は 曇って います。
  下午轉陰。

- 今日は いい 天気です。
  今天是個好天氣。

💬 いろいろ **3** 用「でしょう」表示推測

- 雨が 降るでしょう。
  可能會下雨。

- 風が 吹くでしょう。
  可能會颳風。

- 雪に なるでしょう。
  可能會下雪。

Chapter 4

1 吃早餐

基本句型

吃～。

| 食物 | ＋を食べます。 |

o tabemasu

替換單字

| 麵包
パン
pan | 飯
ご飯
gohan | 粥
お粥
okayu | 豆沙包
お饅頭
omanjuu |

其它例句

1 朝ご飯は家で食べます。
asagohan wa ie de tabemasu

早餐在家吃。

2 パンとサラダを食べました。
pan to sarada o tabemashita

吃了麵包和沙拉。

3 朝ご飯は食べません。
asagohan wa tabemasen

不吃早餐。

2 喝飲料

基本句型 track **4-22** ♫

喝〜。

飲料 ＋を飲みます。
o nomimasu

 替換單字

牛奶	果汁	可樂	啤酒
ぎゅうにゅう			
牛乳	**ジュース**	**コーラ**	**ビール**
gyuunyuu	juusu	koora	biiru

其它例句

1 お酒が好きです。
osake ga suki desu

喜歡喝酒。

2 よくワインを飲みます。
yoku wain o nomimasu

常喝葡萄酒。

3 友達と一緒にビールを飲みます。
tomodachi to issho ni biiru o nomimasu

和朋友一起喝啤酒。

115

3 做運動

基本句型

track **4-23** ♫

做～嗎？

| 運動 | ＋をしますか。
o shimasuka

 替換單字

網球	游泳 すいえい	高爾夫	足球
テニス	**水泳**	**ゴルフ**	**サッカー**
tenisu	suiee	gorufu	sakkaa

其它例句

1 週2回スポーツをします。
しゅう に かい
shuu nikai supootsu o shimasu

一星期做兩次運動。

2 時々ボーリングをします。
ときどき
tokidoki booringu o shimasu

有時打保齡球。

3 よく公園を散歩します。
こうえん さん ぽ
yoku kooen o sanpo shimashu

常去公園散步。

4 我的假日

基本句型 　　　　　　　　　　　　　　track **4-24** ♬

你假日做什麼？

Q：休みの日は何をしますか。
yasumi no hi wa nani o shimasuka

看～。

A： 名詞 ＋を見ます。
o mimasu

 替換單字

電視	電影	職業棒球	小孩
テレビ	映画	プロ野球	子ども
terebi	eega	poroyakyuu	kodomo

其它例句

1 彼氏とデートします。
kareshi to deeto shimasu

和男朋友約會。

2 友達とワイワイやります。
tomodachi to waiwai yarimasu

和朋友說說笑笑。

3 カラオケで歌を歌います。
karaoke de uta o utaimasu

在卡拉 OK 唱歌。

速聽！聽覺刺激法！　　　　　　　　　　　　　　　track **4-25** ♫

①先看中文翻譯→②以 2 倍速度來速聽、速讀內容，請邊聽邊看對話內容→③再以一般速度測試一次→④不看內容，跟在光碟後面，模仿老師的發音大聲唸出。

MP3：2 倍速度 ⇨ 一般速度

女：タバコを　やめましたね。
你戒煙了呢！

男：ええ。
恩。

女：どうしてですか。体に　悪いからですか。
為什麼呢？是因為對身體不好嗎？

男：それは、あまり　気に　しません。病気は　ぜんぜんないし。
我不大在意這種事。我身體好得很。

女：じゃあ、他人に　迷惑だから。
那，就是會帶給其他人麻煩的關係囉？

男：いや、そう　じゃなくて、お金が　かかるからです。
不，不是這樣子的，是因為太花錢了。

生活錦囊

「あまり気にしません。」這裡的「あまり」下接否定的形式，表示程度不特別高，數量不特別多。而「気にする」表示對某件事，在意、擔心，放在心上的意思。

迷你文法

❶「どうして」是詢問理由的疑問詞，相當於「なぜ」。口語常用「なんで」。可譯作「為什麼」。

❷「から」表示原因、理由。一般用在說話人出於個人主觀理由，進行請求、命令、意願、主張及推測。是比較強烈的意志性表達。可譯作「因為...」。

說法百百種！

跟原因相關內容，還有下面各種不同說法，請配合光碟每句練習 3 到 5 次。

💬 いろいろ **1** 用「〜が　ありませんから」表示原因

- お金が　ありませんから。
  因為沒錢。

- 時間が　ありませんから。
  因為沒時間。

- 仕事が　ありますから。
  因為有工作。

💬 いろいろ **2** 原因的說法

- 日本料理が　好きだからです。
  因為我喜歡日本料理。

- 野球が　下手だからです。
  因為不大會打棒球。

- お母さんが　病気だからです。
  因為母親生病了。

💬 いろいろ **3** 先原因後結果的說法

- 雪で　電車が　遅れたからです。
  因為下雪而延誤了電車。

- 暑いですから、冷たい　ジュースを　飲みます。
  因為很熱所以喝冰涼的果汁。

V 談嗜好

（1）

Chapter 4

我喜歡運動

基本句型

track 4-27 ♫

喜歡～。

| 運動 | ＋ が好^すきです。
ga suki desu

替換單字

打籃球	打排球	打高爾夫	釣魚
バスケットボール	バレーボール	ゴルフ	釣^つり
basukettobooru	bareebooru	gorufu	tsuri

其它例句

1 どんなスポーツが好^すきですか。
donna supootsu ga suki desuka

你喜歡什麼樣的運動？

2 よく水泳^{すいえい}をします。
yoku suiee o shimasu

常游泳。

3 スポーツ観戦^{かんせん}が好^すきです。
supootsu kansen ga suki desu

喜歡看運動比賽。

速聽！聽覺刺激法！　　　　　　　　　　　　　track 4-28 ♫

①先看中文翻譯→②以 2 倍速度來速聽、速讀內容，請邊聽邊看對話內容→③再以一般速度測試一次→④不看內容，跟在光碟後面，模仿老師的發音大聲唸出。

MP3：2 倍速度 ⇨ 一般速度

女：夏休みは、たくさん 練習を しようと 思います。まず 体操を して、それから ５キロ 走ります。それから 少し 休んで、テニスの 練習を 始めます。

夏天我想多加練習。首先做體操，然後跑 5 公里，接下來休息一下，再開始練習網球。

補充單字　夏休み 名 暑假／沢山 副・形動 很多，大量；足夠，不再需要／走る 自五 （人、動物）跑步，奔跑；（車、船等）行駛／少し 副 一下子；少量，稍微，一點／休む 自五 休息，歇息；停歇，暫停；睡，就寢

生活錦囊

日本人相當重視戶外活動。而日本社區設備的完善，更提供了良好的環境。譬如，地區的體育館大都可以進行各種各樣的活動，如網球、游泳、羽毛球、乒乓球、劍道等，而且費用低廉。

迷你文法

❶「ようと思います」用在說話人表示打算或意向的時候。

❷ 動詞＋「て」。表示動作、作用連續進行，也表示原因、理由。

說法百百種！

跟順序相關內容，還有下面各種不同說法，請配合光碟每句練習 3 到 5 次。

いろいろ **1** 提問常用說法

- どの　順番で　食べますか。
  吃的順序是哪個？

- 女の　人は　この　後　どうしますか。
  女人之後要做什麼？

- 学生たちは　これから　どうしますか。
  學生們接下來做什麼？

いろいろ **2** 詳細經過必講說法

- まず　1時間ぐらい　走ります。
  首先跑一個小時左右。

- それから、30分ぐらい　自転車で　走るんです。
  接下來騎30分左右的腳踏車。

- すこし　やすんで、1時間ぐらい　海で　泳ぎました。
  休息一下，在海裡游泳一個小時左右。

いろいろ **3** 注意句中的順序句型

- 10時に　お店が　開いて　から、野菜を　たくさん　洗います。
  10點開店以後，洗了很多蔬菜。

- 晩ご飯は　6時半からです。その　前に　お風呂に　入ってください。
  晚飯從6點半開始。晚飯之前請先洗澡。

- 歯を　磨いたあと、顔を　洗います。
  刷牙以後洗臉。

2 我的嗜好

基本句型

1

您的興趣是什麼？

Q：ご趣味は何ですか。
goshumi wa nan desuka

是～。

A：名詞＋動詞＋ことです。
koto desu

替換單字

| 菜 做
料理を／作る
ryoori o tsukuru | 字 練
習字を／する
shuuji o suru | 電影 看
映画を／見る
eega o miru | 釣魚
釣りを／する
tsuri o suru |

2

真是會～呀。

専長＋が上手ですね。
ga joozu desune

替換單字

| 唱歌
歌
uta | 游泳
水泳
suiee |

基本句型

我的生日是～。

私の誕生日は＋ 月日 ＋です。
わたし　の　たんじょうび

watashi no tanjoobi wa　　　　　desu

替換單字

1月20號	4月24號	8月8號	12月10號
いちがつ はつ か	し がつ にじゅうよっ か	はちがつ よう か	じゅうに がつ とお か
1月20日	**4月24日**	**8月8日**	**12月10日**
ichigatsu hatsuka	shigatsu nijuuyokka	hachigatsu yooka	juunigatsu tooka

其它例句

1
お誕生日はいつですか。
たんじょう び
otanjoobi wa itsu desuka

您的生日是什麼時候？

2
１２月生まれです。
じゅうに　がつ う
juunigatsu umare desu

我12月出生。

3
ねずみ年です。
どし
nezumi-doshi desu

我屬鼠。

基本句型

1

我是～。

私は + 星座 + です。
わたし
watashi wa   desu

替換單字

水瓶座	獅子座	牡羊座	金牛座
みずがめ ざ	し し ざ	お ひつじ ざ	おうし ざ
水瓶座	**獅子座**	**牡羊座**	**牡牛座**
mizugameza	shishiza	ohitsujiza	oushiza

2

～是什麼樣的個性？

星座 + はどんな性格ですか。
せい かく
wa donna seekaku desuka

替換單字

雙子座	巨蟹座	雙魚座	處女座
ふたご ざ	かに ざ	うお ざ	おとめ ざ
双子座	**蟹座**	**魚座**	**乙女座**
futagoza	kaniza	uoza	otomeza

3 從星座看個性

例句 | track **4-33** ♫

1 獅子座（の人）は明るいです。
shishiza(nohito)wa akarui desu

獅子座（的人）很活潑。

---

2 天秤座は女優が多いです。
tenbinza wa joyuu ga ooi desu

很多天秤座都當女演員。

---

3 魚座は芸術的才能があります。
uoza wa geejutsuteki sainoo ga arimasu

雙魚座很有藝術天份。

---

4 山羊座はお金に困らないです。
yagiza wa okane ni komaranai desu

魔羯座從不缺錢。

---

5 星座から見ると二人は合いますよ。
seeza kara miru to futari wa aimasuyo

從星座來看兩個人很適合喔。

 相關單字

完美主義 かんぺきしゅぎ **完璧主義** kanpekishugi	勤勞 きんべん **勤勉** kinben	誠實 せいじつ **誠実** seejitsu	悠閒 **のんびり** nonbiri

=== Chapter 4 ===

①

我想當歌手

基本句型

將來我想當～。

将来＋ 名詞 ＋になりたいです。
しょうらい
shoorai　　　　　ni naritai desu

替換單字

| 歌手
か しゅ
歌手
kashu | 醫生
い しゃ
医者
isha | 老師
せんせい
先生
sensee | 護士
かん ご ふ
看護婦
kangofu |

其它例句

①
将来、何になりたいですか。
しょうらい　なに
shoorai, nani ni naritai desuka

以後想做什麼？

②
どうしてですか。
dooshite desuka

為什麼？

③
歌が好きだからです。
うた　す
uta ga sukidakara desu

因為喜歡唱歌。

② 現在最想要的

基本句型　　　　　　　　　　　　　　　track **4-35** ♫

現在最想要什麼？

Q：今、何がほしいですか。
ima, nani ga hoshii desuka

想要～。

A： 名詞 ＋がほしいです。
ga hoshii desu

 替換單字

車 くるま **車** kuruma	情人 こいびと **恋人** koibito	時間 じかん **時間** jikan	錢 かね **お金** okane

其它例句

①　なぜ、お金がほしいですか。
naze, okane ga hoshii desuka

為什麼想要錢？

②　もっと勉強したいからです。
motto benkyoo shitai kara desu

因為想再進修。

③　旅行したいからです。
ryokoo shitai kara desu

因為想旅行。

基本句型

track **4-36** ♫

1

將來想住什麼樣的房子？

Q:将来、どんな家に住みたいですか。

shoorai, donna ie ni sumitai desuka

想住在～。

A：名詞＋に住みたいです。

ni sumitaidesu

替換單字

很大的房子	高級公寓	別墅	透天厝
大きな家	マンション	別荘	一戸建て
ookina ie	manshon	bessoo	ikkodate

2

想住什麼樣的城鎮？

Q：どんな町に住みたいですか。

donna machi ni sumitai desuka

想住在～城鎮。

A：形容詞＋町に住みたいです。

machi ni sumitai desu

替換單字

熱鬧的	很多綠地的
にぎやかな	緑の多い
nigiyakana	midori no ooi

MEMO

1 2 3 4 **5**

旅遊日語

搭飛機、住飯店、購物遊玩
旅遊必備句型都在這裡
迅速搞定出國大小事

Chapter **5**

在機內

基本句型

～在哪裡？

名詞 ＋はどこですか。
wa doko desuka

替換單字

我的座位 私の席 watashi no seki	洗手間 トイレ toire

其它例句

1 荷物が入りません。
nimotsu ga hairimasen

行李放不進去。

2 通してください。
tooshite kudasai

請借我過。

3 席を替えてほしいです。
seki o kaete hoshii desu

希望能換座位。

4 席を倒してもいいですか。
seki o taoshitemo ii desuka

可以將椅背倒下嗎？

2 機內服務（一）

基本句型

1

請給我～。

名詞 ＋をください。
o kudasai

替換單字

牛肉 **ビーフ** biifu	雞肉 **チキン** chikin	水 みず **水** mizu
毛毯 もう ふ **毛布** moofu	枕頭 まくら **枕** makura	入境卡 にゅうこく **入国カード** nyuukoku kaado

2

有～嗎？

名詞 ＋はありますか。
wa arimasuka

替換單字

日本的報紙 に ほん　しんぶん **日本の新聞** nihon no shinbun	暈車藥 よ　ど　ぐすり **酔い止め薬** yoidome gusuri

3 機內服務（二）

例句

track **5-03** ♫

1 もう一杯ください。
いっぱい
moo ippai kudasai

請再給我一杯。

2 無料ですか。
む りょう
muryoo desuka

是免費的嗎？

3 気分が悪いです。
き ぶん　わる
kibun ga warui desu

身體不舒服嗎？

4 いつ着きますか。
つ
itsu tsukimasuka

什麼時候到達？

5 あと 20 分です。
にじゅっ ぷん
ato nijuppun desu

再 20 分鐘。

 相關單字

雑誌	耳機	香煙	葡萄酒
ざっし			
雑誌	**ヘッドホン**	**タバコ**	**ワイン**
zasshi	heddohon	tabako	wain

4 通關（一）

基本句型　　　　　　　　　　　　　　　　　track **5-04** 🎵

旅行目的為何？

Q：旅行の目的は何ですか。
りょこう　もくてき　なん
ryokoo no mokuteki wa nan desuka

是～。

A：名詞 ＋です。
desu

替換單字

觀光 かんこう **観光** kankoo	留學 りゅうがく **留学** ryuugaku	工作 しごと **仕事** shigoto	會議 かいぎ **会議** kaigi

其它例句

1 **職業は何ですか。**
しょくぎょう　なん
shokugyoo wa nan desuka

從事什麼職業？

2 **学生です。**
がくせい
gakusee desu

學生。

3 **サラリーマンです。**
sarariiman desu

上班族。

4 **OL です。**
オーエル
ooeru desu

粉領族。

135

5 通關（二）

基本句型

1

要住在哪裡？

Q：どこに滞在<ruby>滞在<rt>たいざい</rt></ruby>しますか。

doko ni taizai shimasuka

（住）～。

A： 名詞 ＋です。

desu

替換單字

ABC 飯店	朋友家
ABC ホテル	友人の家 ゆうじん　いえ
eebiishii hoteru	yuujin no ie

2

要待幾天？

Q：何日滞在<ruby>何日滞在<rt>なんにちたいざい</rt></ruby>しますか。

nannichi taizai shimasuka

（期間）～。

A： 期間 ＋です。

desu

替換單字

5天	一星期	兩星期	一個月
いつ か かん	いっしゅうかん	に しゅうかん	いっ か げつ
5日間	一週間	2週間	一ヶ月
itsukakan	isshuukan	nishuukan	ikkagetsu

6 通關（三）

基本句型

1

請〜。

動詞 ＋くださいい。
kudasai

替換單字

開	借我看	等一下	說
あ	み	ま	い
開けて	**見せて**	**待って**	**言って**
akete	misete	matte	itte

2

這是什麼？

Q：これは何ですか。
　　　　　なん
kore wa nan desuka

〜跟〜。

A：**名詞** ＋と＋ **名詞** ＋です。
　　　　　　to　　　　　　desu

替換單字

日常用品　名產	衣服　香煙
にちじょうひん　みやげ	ようふく
日常品／お土産	**洋服／タバコ**
nichijoohin omiyage	yoofuku tabako

⑦ 出國（買票）

基本句型

我要去～。

| 場所 | ＋までお願いします。
ねが

made onegai shimasu

替換單字

| 台北
タイペイ
台北
taipee | 日本
に ほん
日本
nihon | 香港
ホンコン
香港
honkon | 北京
ペ キン
北京
pekin |

其它例句

1 日本航空のカウンターはど
に ほんこうくう
こですか。
nihonkookuu no kauntaa wa doko
desuka

日本航空櫃檯在哪裡？

---

2 チェックインします。
chekkuin shimasu

我要辦登機手續。

---

3 窓側の席はありますか。
まどがわ せき
madogawa no seki wa arimasuka

有靠窗的座位嗎？

8 換錢

基本句型

請～。

名詞 ＋してください。
shite kudasai

替換單字

兌幣	簽名
りょうがえ **両替** ryoogae	**サイン** sain

其它例句

1 にほんえん
日本円に。
nihonen ni ／ 換成日圓。

2 ご まんえん　りょうがえ
5万円に両替してください。
gomanen ni ryoogaeshite kudasai ／ 請換成 5 萬圓。

3 こ ぜに　ま
小銭も混ぜてください。
kozeni mo mazete kudasai ／ 也請給我一些零鈔。

4 み
パスポートを見せてください。
pasupooto o misete kudasai ／ 請讓我看一下護照。

打電話

例句

1
テレホンカード一枚ください。
terehonkaado ichimai kudasai

給我一張電話卡。

2
もしもし、台湾の李です。
moshi moshi, taiwan no rii desu

喂，我是台灣小李。

3
陽子さんはいらっしゃいますか。
yookosan wa irasshaimasuka

陽子小姐在嗎？

4
ただいま、日本に着きました。
tadaima, nihon ni tsukimashita

我剛到日本。

5
では、新宿駅で会いましょう。
dewa, shinjukueki de aimashoo

那麼就在新宿車站見面吧。

 相關單字

打電話 **電話する** denwasuru	留言 **メッセージ** messeeji	外出中 **外出中** gaishutsuchuu	不在家 **留守** rusu

⑩ 郵局

基本句型

track **5-10** ♫

麻煩寄～。

| 名詞 | ＋でお願いします。
ねが
de onegai shimasu

 替換單字

| 空運
こうくうびん
航空便
kookuubin | 船運
ふなびん
船便
funabin | 掛號
かきとめ
書留
kakitome | 包裹
こ づつみ
小包
kozutsumi |

其它例句

---

1 料金はいくらですか。
りょうきん
ryookin wa ikura desuka

費用多少？

---

2 台湾までお願いします。
タイワン　　　ねが
taiwan made onegai shimasu

麻煩寄到台灣。

---

3 はがきを 10 枚ください。
じゅう まい
hagaki o juumai kudasai

請給我明信片 10 張。

基本句型

~多少錢？

名詞 ＋いくらですか。
ikura desuka

替換單字

| 一晩
いっぱく
一泊
ippaku | 一個人
ひ と り
一人
hitori | 雙人房
（兩張單人床）
ツインで
tsuin de | 雙人房
（一張雙人床）
ダブルで
daburu de |

其它例句

---

1 よ やく
予約したいです。
yoyakushitai desu

我想預約。

---

2 ちょうしょく
朝食はつきますか。
chooshoku wa tsukimasuka

有附早餐嗎？

---

3 ねが
それでお願いします。
sorede onegai shimasu

那樣就可以了。

---

(12) 坐機場巴士

例句

1 ABC ホテルへ行きますか。
エービーシー
い
eebiishii hoteru e ikimasuka

會到 ABC 飯店嗎？

---

2 次のバスは何時ですか。
つぎ　　　　　　なん　じ
tsugi no basu wa nanji desuka

下一班巴士幾點？

---

3 新宿まで一枚ください。
しんじゅく　　いちまい
shinjuku made ichimai kudasai

給我一張到新宿的票。

---

4 右側の出口に出てください。
みぎがわ　で ぐち　で
migigawa no deguchi ni dete kudasai

請往右側出口出去。

---

5 3番乗り場で乗車してください。
さんばん　の　　ば　じょうしゃ
sanban noriba de jooshashite kudasai

請在 3 號乘車處上車。

 相關單字

（車）票 きっ ぷ **切符** kippu	售票處 う　ば **売り場** uriba	機場巴士 **リムジンバス** rimujinbasu	乘車處 の　ば **乗り場** noriba

在櫃臺

基本句型

track **5-13** ♫

麻煩～。

名詞 ＋をお願いします。
o onegai shimasu

 替換單字

住宿登記	行李
チェックイン	荷物
chekkuin	nimotsu

其它例句

1 予約してあります。
yoyakushite arimasu

有預約。

2 予約してありません。
yoyakushite arimasen

沒預約。

3 チェックアウトは何時ですか。
chekkuauto wa nanji desuka

幾點退房？

4 カードでお願いします。
kaado de onegai shimasu

麻煩你我要刷卡。

2 住宿中的對話

基本句型

請～。

名詞 ＋ 動詞 ＋ ください。
kudasai

替換單字

房間　更換	熨斗　借我	行李　搬運	地方　告訴我
部屋を／ か 変えて	アイロンを／ か 貸して	荷物を／ はこ 運んで	場所を／ おし 教えて
heya o kaete	airon o kashite	nimotsu o hakonde	basho o oshiete

其它例句

1 へ や　　そう じ
部屋を掃除してください。
heya o soojishite kudasai

請打掃房間。

2 いちまい
タオルをもう一枚ください。
taoru o moo ichimai kudasai

請再給我一條毛巾。

3 かぎ
鍵をなくしました。
kagi o nakushimashita

我弄丟鑰匙了。

145

3 客房服務

例句   track **5-15** ♫

1
ひゃく ごうしつ
100 号室です。
hyaku gooshitsu desu

100 號客房。

2
ねが
ルームサービスをお願いします。
ruumusaabisu o onegai shimasu

我要客房服務。

3
ひと
ピザを一つください。
piza o hitotsu kudasai

給我一客披薩。

4
せんたくもの   ねが
洗濯物をお願いします。
sentakumono o onegai shimasu

我要送洗。

5
あさ ろく じ
朝6時にモーニングコール
ねが
をお願いします。
asa rokuji ni mooningukooru o onegai shimasu

早上6點請叫醒我。

 相關單字

床單 **シーツ** shiitsu	枕頭 まくら **枕** makura	棉被 ふ とん **布団** futon	衛生紙 **トイレット ペーパー** toirettopeepaa

4 退房

例句

track **5-16** ♫

1 チェックアウトします。
chekkuauto shimasu

我要退房。

2 これは何^{なん}ですか。
kore wa nan desuka

這是什麼？

3 ミニバーは利用^{りよう}していません。
minibaa wa riyooshite imasen

沒有使用迷你吧。

4 領収書^{りょうしゅうしょ}をください。
ryooshuusho o kudasai

請給我收據。

5 お世話^{せわ}になりました。
osewa ni narimashita

多謝關照。

 相關單字

冰箱 れいぞうこ **冷蔵庫** reezooko	明細 めいさい **明細** meesai	税金 ぜいきん **税金** zeekin	服務費 **サービス料**^{りょう} saabisuryoo

Chapter 5

1 逛商店街

基本句型

track 5-17 ♫

～多少錢？

名詞 ＋ 數量 ＋いくらですか。
ikura desuka

替換單字

這個　一個	蘋果　一堆
これ／一つ	りんご／一山
kore hitotsu	ringo hitoyama

其它例句

1	いらっしゃいませ。 irasshai mase	歡迎光臨。
2	試食してもいいですか。 shishokushitemo ii desuka	可以試吃嗎？
3	これをワンパックください。 kore o wanpakku kudasai	請給我一盒這個。
4	まけてくださいよ。 makete kudasaiyo	算我便宜一點嘛。

2 在速食店

基本句型

給我～。

名詞 ＋ 數量 ＋ ください。
kudasai

 替換單字

漢堡　兩個	可樂　3杯	蕃茄醬　一包	薯條　4包
ハンバーガー／二つ	コーラ／三つ	ケチャップ／一つ	フライドポテト／四つ
hanbaagaa futatsu	koora mittsu	kecchappu hitotsu	furaidopoteto yottsu

其它例句

1 コーラはMです。
koora wa emu desu

我可樂要中杯。

2 ここで食べます。
koko de tabemasu

在這裡吃（內用）。

3 テックアウトします。
tekkuauto shimasu

外帶。

速聽！聽覺刺激法！　　　　　　　　　　　　　　track 5-19 ♫

①先看中文翻譯→②以 2 倍速度來速聽、速讀內容，請邊聽邊看對話內容→③再以一般速度測試一次→④不看內容，跟在光碟後面，模仿老師的發音大聲唸出。

MP3：2 倍速度 ⇨ 一般速度

女：すみません。80円　切手を　ください。

麻煩，給我 80 圓的郵票。

男：80円　切手ですね。1枚ですか。

80 圓郵票，1 張嗎？

女：えーと、5枚　ください。あ、それから　はがきを　3枚　お願いします。

嗯，給我 5 張。啊！然後再給我 3 張明信片。

男：80円　切手　5枚と、はがき　3枚ですね。

80 圓郵票 5 張跟明信片 3 張是吧！

女：はい、そうです。

是的。

男：はい、全部で　550円です。

好的，全部是 550 圓。

生活錦囊

日本的郵局辦理的業務有出售郵票、明信片和現金掛號信封。受理國外的各種郵件。還有，各種儲蓄跟匯款業務。

迷你文法

❶「〜をください」表示跟店員或服務人員等要什麼，或跟某人要求某事物。可譯作「我要…」、「給我…」。

❷「〜お願いします」表示在郵局、醫院、銀行、商店等處，招呼職員或店員時用的話。

說法百百種！

跟數字相關內容，還有下面各種不同說法，請配合光碟每句練習 3 到 5 次。

💬 いろいろ **1** 跟店員等要東西常說的

- すみません。お茶 ください。
  麻煩，給我茶。

- はがきを 5枚、お願いします。
  請給我明信片 5 張。

- すみません、この かばん ください。
  麻煩，我要這個皮包。

💬 いろいろ **2** 店員確認常說的

- はい、六つですね。
  好的，6 個是吧！

- はがき 5枚ですね。
  明信片 5 張是吧！

- はい、アイスクリーム 二つ。コップは 六つですね。
  好的，冰淇淋 2 個，杯子 6 個是吧！

💬 いろいろ **3** 客人點完東西店員說的

- はい。分かりました。
  好的，我知道了。

- はい。少々 お待ち ください。
  好的，請稍等一下。

- はい。ただいま。
  好的，馬上來。

③ 在便利商店

例句　　　　　　　　　　　　　　　　　　track **5-21** ♬

1 お弁当を温めますか。
obentoo o atatamemasuka

便當要加熱嗎？

---

2 温めてください。
atatamete kudasai

幫我加熱。

---

3 お箸は要りますか。
ohashi wa irimasuka

需要筷子嗎？

---

4 千円からお預かりします。
senen kara oazukari shimasu

收您 1000 圓。

---

5 200円のおつりです。
nihyakuen no otsuri desu

找您 200 圓。

 相關單字

便利商店	收銀台	果汁	袋子
コンビニ	**レジ**	**ジュース**	**袋**
konbini	reji	juusu	fukuro

4 找餐廳

基本句型

附近有～嗎？

近<ruby>ちか</ruby>くに＋形容詞＋商店＋はありますか。
chikaku ni　　　　　　　　　wa arimasuka

 替換單字

好吃的　餐廳	便宜的　拉麵店	不錯的　壽司店	有趣的　商店
おいしい／ レストラン	安<ruby>やす</ruby>い／ ラーメン屋<ruby>や</ruby>	いい／寿司屋<ruby>すしや</ruby>	おもしろい／ 店<ruby>みせ</ruby>
oishii resutoran	yasui raamenya	ii sushiya	omoshiroi mise

其它例句

1 値段<ruby>ねだん</ruby>はどれくらいですか。
nedan wa dorekurai desuka

價錢多少？

2 おいしいですか。
oishii desuka

好吃嗎？

3 場所<ruby>ばしょ</ruby>はどこですか。
basho wa doko desuka

地點在哪裡？

5 打電話預約

基本句型

track **5-23** ♪

（預約時間、人數）～。

時間 ＋ 數量 ＋ です。
desu

替換單字

今晚７點　兩人
こんばんしちじ　ふたり
今晩７時／二人
konban shichiji futari

明晚８點　４人
あした　よるはちじ　よにん
明日の夜８時／４人
ashita no yoru hachiji yonin

其它例句

1
リー　もう
李と申します。
rii to mooshimasu

我姓李。

2
コースはいくらですか。
koosu wa ikura desuka

套餐多少錢？

3
まどがわ　せき　ねが
窓側の席をお願いします。
madogawa no seki o onegai shimasu

請給我靠窗的座位。

4
ち　ず
地図をファックスしてください。
chizu o fakkusu shite kudasai

請傳真地圖給我。

6 進入餐廳

例句

1
リー
李です。7時に予約してあ
しち じ　 よ やく
ります。
ril desu, shichiji ni yoyakushite arimasu

我姓李。預約7點。

2
よ にん
4人です。
yonin desu

4人。

3
きんえんせき
禁煙席はありますか。
kinenseki wa arimasuka

有禁煙區嗎？

4
よ やく
予約してありません。
yoyakushite arimasen

沒有預約。

5
ま
どれくらい待ちますか。
dorekurai machimasuka

要等多久？

 相關單字

吸煙區 きつえんせき **喫煙席** kitsuenseki	包廂 こ しつ **個室** koshitsu	已客滿 まんいん **満員** manin	有位子 あ **空く** aku

例句   track **5-25** ♬

1 メニューを見せてください。
menyuu o misete kudasai

請給我菜單。

2 注文をお願いします。
chuumon o onegai shimasu

我要點菜。

3 お勧め料理は何ですか。
osusumeryoori wa nan desuka

招牌菜是什麼？

基本句型

我要～。

料理 ＋にします。
ni shimasu

 替換單字

天婦羅套餐	梅花套餐	A套餐	那個
天ぷら定食	梅定食	Aコース	それ
tenpura teeshoku	ume teeshoku	ee koosu	sore

8 點飲料

基本句型

飲料呢？

Q：お飲み物は？
onomimono wa

給我～。

A：飲料 ＋を＋ 數量 ＋ください。
　　　　　o　　　　　　　kudasai

 替換單字

啤酒　兩杯	果汁　一杯	咖啡　3杯	紅茶　一杯
ビール／二つ ふた	**ジュース／一つ** ひと	**コーヒー／三つ** みっ	**紅茶／一つ** こうちゃ　ひと
biiru futatsu	juusu hitotsu	koohii mittsu	koocha hitotsu

其它例句

1
お飲み物は食前ですか、食後ですか。
の　もの　しょくぜん　　　しょく　ご
onomimono wa shokuzen desuka, shokugo desuka

飲料要飯前還是飯後送？

2
食後にお願いします。
しょく　ご　　ねが
shokugo ni onegai shimasu

請飯後再上。

速聽！聽覺刺激法！

①先看中文翻譯→②以 2 倍速度來速聽、速讀內容，請邊聽邊看對話內容→③再以一般速度測試一次→④不看內容，跟在光碟後面，模仿老師的發音大聲唸出。

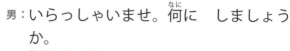

MP3：2 倍速度 ⇨ 一般速度

男：いらっしゃいませ。何に しましょうか。

歡迎光臨。請問您要什麼？

女：これを 四つ ください。

請給我這個 4 個。

男：四つですね。

4 個是嗎？

女：ええ、それから これを 3本。

對，還有，給我 3 條這個。

男：こちらを 3本ですね。ありがとうございます。

這個 3 條是嗎？謝謝惠顧。

生活錦囊

「何にしましょうか。」是店員問客人要買什麼，或吃什麼時用的話。在日本，餐廳前大都有料理樣品的陳列櫥窗，點菜前可以先看過再決定。還有，跟朋友一起吃飯，各付各的現象是很普遍的。

迷你文法

❶「にしましょう」是由「にします」變化而來的，「にします」表示決定、選定某事物。「決定…」的意思。

❷「これを四つください。」記得「をください」表示想要什麼，或跟某人要求某事物的意思。而數字「四つ」要放在「を」跟「ください」之間喔！

說法百百種！

跟判斷相關內容，還有下面各種不同說法，請配合光碟每句練習 3 到 5 次。

🔊 いろいろ **1** 提問常用說法

- 男の 人は 何を 借りましたか。
  男性向別人借了什麼東西？

- 店の 名前は どれですか。
  店名是下列的哪一個？

- 男の 人は、どの バスに 乗りますか。
  男性要搭哪一班公車？

🔊 いろいろ **2** 決定要買或不買的說法

- それを ください。
  請給我這個。

- これ、お願いします。
  請給我這個，謝謝。

- ええ、これに します。
  恩，我要這個。

- これはちょっと…。
  這個實在有點……。

🔊 いろいろ **3** 判斷漢字、假名的說法

- その 箱を 取って ください。カタカナで 水と 書いて ある。
  請幫我搬那一箱箱子。就是那個用片假名寫著「水」的箱子。

- 自分が 住んで いる ところを ひらがなで 書いて ください。
  請用平假名寫下自己的住址。

- 漢字で 山田ですか。
  寫下漢字的「山田」是嗎？

9 進餐後付款

例句

1 お勘定をお願いします。
かんじょう　ねが

okanjoo o onegai shimasu

麻煩結帳。

---

2 別々でお願いします。
べつべつ　ねが

betsubetsu de onegai shimasu

請分開結帳。

---

3 一括でお願いします。
いっかつ　ねが

ikkatsu de onegai shimasu

麻煩你我要一次付清。

---

4 カードでお願いします。
ねが

kaado de onegai shimasu

我要刷卡。

---

5 ご馳走様でした。
ち そうさま

gochisoosama deshita

謝謝您的招待。

 相關單字

點菜 ちゅうもん **注文** chuumon	費用 ひ よう **費用** hiyoo	現金 げんきん **現金** genkin	付錢 はら **払う** harau

IV 交通

1 坐電車

基本句型

track **5-30** ♫

我想到～。

場所 ＋まで行きたいです。
made ikitai desu

 替換單字

澀谷車站 しぶ や えき **渋谷駅** shibuya eki	原宿車站 はらじゅくえき **原宿駅** harajuku eki

其它例句

1 つぎ でんしゃ なんじ
次の電車は何時ですか。
tsugi no densha wa nanji desuka

下一班電車幾點到？

2 あき は ばらえき
秋葉原駅にとまりますか。
akihabara eki ni tomarimasuka

會停秋葉原車站嗎？

3 しながわえき の か
品川駅で乗り換えますか。
shinagawa eki de norikaemasuka

在品川車站換車嗎？

4 つぎ えき
次の駅はどこですか。
tsuginoeki wa doko desuka

下一站是哪？

2 坐公車

例句

track **5-31** ♬

1 バス停はどこですか。
basutee wa doko desuka

公車站在哪裡？

2 このバスは東京駅へ行きますか。
kono basu wa tookyoo eki e ikimasuka

這台公車有到東京車站嗎？

3 何番のバスが行きますか。
nanban no basu ga ikimasuka

幾號公車能到？

4 東京駅はいくつ目ですか。
tookyoo eki wa ikutume desuka

東京車站是第幾站？

5 着いたら教えてください。
tsuitara oshiete kudasai

到了請告訴我。

 相關單字

路線圖	往	乘車券	門
路線図	行き	乗車券	ドア
rosenzu	iki	jooshaken	doa

3 坐計程車

基本句型

track **5-32** ♫

請到～。

場所 ＋までお願いします。
made onegai shimasu

替換單字

王子飯店	上野車站
プリンスホテル	上野駅
purinsu hoteru	ueno eki

其它例句

1 ここ。（紙を見せる）
koko (kami o miseru)

這裡。(拿紙給對方看)

2 そこまでどれくらいかかりますか。
soko made dorekurai kakarimasuka

到那裡要花多少的時間？

3 右に曲がってください。
migi ni magatte kudasai

請右轉。

4 ここでいいです。
koko de iidesu

這裡就可以了。

4 租車子

例句

1 車を借りたいです。
kuruma o karitai desu

我想租車。

2 保証金はいくらですか。
hoshookin wa ikura desuka

押金多少錢？

3 保険はついていますか。
hoken wa tsuite imasuka

有附保險嗎？

4 車が故障しました。
kuruma ga koshoo shimashita

車子故障了。

5 この車を返します。
kono kuruma o kaeshimasu

這台車還你。

 相關單字

租車	國際駕駛執照	契約書	爆胎
レンタカー	**国際運転免許証**	**契約書**	**パンク**
rentakaa	kokusaiunten menkyoshoo	keeyakusho	panku

5 迷路了

例句

track **5-34** ♫

1
<ruby>上野<rt>うえ の</rt></ruby><ruby>駅<rt>えき</rt></ruby>はどこですか。
ueno eki wa doko desuka

上野車站在哪裡？

2
この<ruby>道<rt>みち</rt></ruby>をまっすぐ<ruby>行<rt>い</rt></ruby>ってください。
kono michi o massugu itte kudasai

請沿這條路直走。

3
<ruby>次<rt>つぎ</rt></ruby>の<ruby>信号<rt>しんごう</rt></ruby>を<ruby>右<rt>みぎ</rt></ruby>に<ruby>曲<rt>ま</rt></ruby>がってください。
tsugi no shingoo o migi ni magatte kudasai

請在下一個紅綠燈右轉。

4
<ruby>上野<rt>うえ の</rt></ruby><ruby>駅<rt>えき</rt></ruby>は<ruby>左側<rt>ひだりがわ</rt></ruby>にあります。
uenoeki wa hidarigawa ni arimsu

上野車站在左邊。

基本句型

～ 嗎？

名詞 ＋ は ＋ 形容詞 ＋ ですか？
　　　　wa　　　　　　　　desuka

替換單字

車站　遠
<ruby>駅<rt>えき</rt></ruby>／<ruby>遠<rt>とお</rt></ruby>い
eki tooi

那裡　近
そこ／<ruby>近<rt>ちか</rt></ruby>い
soko chikai

速聽！聽覺刺激法！　　　　　　　　　　track 5-35 ♬

①先看中文翻譯→②以 2 倍速度來速聽、速讀內容，請邊聽邊看對話內容→③再以一般速度測試一次→④不看內容，跟在光碟後面，模仿老師的發音大聲唸出。

MP3：2 倍速度 ⇨ 一般速度

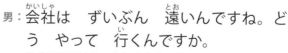

男：会社は　ずいぶん　遠いんですね。どう　やって　行くんですか。

你公司還挺遠的。你怎麼去公司的？

女：家から　バス停まで　自転車です。そして　バスで　駅まで　出ます。それから　電車で　港まで　行って、そこから　船に　乗ります。

從家到公車站騎腳踏車。然後坐巴士到電車站。接下來坐電車到港口，再從那裡坐船。

補充單字　会社 名 公司；商社／出る 自下一 出來，出去，離開／行く・行く 自五 去，往；行，走；離去；經過，走過／乗る 自五 騎乘，坐；登上

生活錦囊

日本的交通規則特色是「車行左側，人走右側」。由於都市交通發達，特別是電車跟地鐵線道豐富，所以一般人的交通手段是騎腳踏車或坐巴士到電車站，然後可能轉一、兩次電車或地鐵，最後走路到目的地。

迷你文法

❶「どうやって行くんですか。」這裡的「んです」前接疑問詞，表示要求聽話人做出某些說明。

❷「そして」表示前一個動作之後，接著是下一件事情。

說法百百種！

跟順序相關內容，還有下面各種不同說法，請配合光碟每句練習 3 到 5 次。

💬 いろいろ **1** 提問常用說法

- 旅行で　何に　乗りますか。
  旅行要坐什麼車？
- 女の　人は　どう　やって　会社に　行きますか。
  女人怎麼到公司的？
- 女の　人は、店で　どのように　働きますか。
  女人在店裡怎麼工作的？

💬 いろいろ **2** 坐車過程詳細說法

- 家から　学校まで　自転車です。
  從家到學校騎腳踏車。
- それから、バスに　乗って、次は　電車です。
  然後坐巴士，接下來坐電車。
- 最後は　ここまで　歩いて　きます。
  最後走到這裡。

💬 いろいろ **3** 注意句中的順序句型

- まず　飛行機に　乗って、その　後　電車と　バスです。
  首先坐飛機，然後坐電車跟巴士。
- 飛行機を　乗る　前に　タクシーに　乗ります。
  搭飛機之前，坐計程車。
- 電車を　降りて　から　タクシーに　乗ります。
  下電車以後搭計程車。

基本句型

track **5-37** ♬

想～。

| 名詞 | ＋を（へ～）＋ | 動詞 | ＋たいです。 |

o (e~)　　　　　　　tai desu

替換單字

| 煙火　看 |
| はな び　　み |
| 花火を／見 |
| hanabi o mi |

| 慶典　看 |
| まつり　　み |
| お祭を／見 |
| omatsuri o mi |

| 迪士尼樂園　去 |
| ディズニーランド |
| へ／行き |
| い |
| dizuniirando e iki |

其它例句

1
ち　ず
地図をください。
chizu o kudasai

請給我地圖。

2
はくぶつかん　いま あ
博物館は今開いていますか。
hakubutsukan wa ima aite imasuka

博物館現在有開嗎？

3
か
ここでチケットは買えますか。
koko de chiketto wa kaemasuka

這裡可以買票嗎？

2 跟旅行團

基本句型

我要～。

名詞 ＋がいいです。
ga ii desu

 替換單字

一日行程	下午行程
いちにち	ご ご
一日コース	午後コース
ichinichi koosu	gogo koosu

其它例句

1 しょく じ つ
食事は付きますか。
shokuji wa tsukimasuka

有附餐嗎？

2 しゅっぱつ なん じ
出発は何時ですか。
shuppatsu wa nanji desuka

幾點出發？

3 なん じ もど
何時に戻りますか。
nanji ni modorimasuka

幾點回來？

 相關單字

旅行團	半天	活動	免費
	はんにち		む りょう
ツアー	半日	イベント	無料
tsuaa	hannichi	ibento	muryoo

== Chapter **5** ==

③ 拍照

基本句型

track **5-39** ♫

可以～嗎？

名詞 ＋を＋ 動詞 ＋もいいですか。

o　　　　　　　mo ii desuka

替換單字

相　照 写真しゃしん／撮とって shashin totte	煙　抽 タバコ／吸すって tabako sutte

其它例句

① 写真しゃしんを撮とっていただけますか。
shashin o totte itadakemasuka

可以幫我拍照嗎？

② ここを押おすだけです。
koko o osu dake desu

只要按這裡就行了。

③ 一緒いっしょに写真しゃしんを撮とってもいいですか。
issho ni shashin o tottemo ii desuka

可以一起照個相嗎？

④ もう一枚いちまいお願ねがいします。
moo ichimai onegai shimasu

麻煩再拍一張。

170

4 到美術館、博物館

基本句型

track 5-40 ♪

～呀。

| 形容詞 | + | 名詞 | + | ですね。|
desune

替換單字

好棒的　畫
<ruby>素敵<rt>すてき</rt></ruby>な／<ruby>絵<rt>え</rt></ruby>
suteki na e

好漂亮的　和服
<ruby>綺麗<rt>きれい</rt></ruby>な／<ruby>着物<rt>きもの</rt></ruby>
kiree na kimono

好傑出的　作品
すばらしい／<ruby>作品<rt>さくひん</rt></ruby>
subarasii sakuhin

好壯觀的　建築物
すごい／<ruby>建物<rt>たてもの</rt></ruby>
sugoi tatemono

其它例句

1 <ruby>入場料<rt>にゅうじょうりょう</rt></ruby>はいくらですか。
nyuujooryoo wa ikura desuka

入場費多少？

2 <ruby>館内<rt>かんない</rt></ruby>ガイドはいますか。
kannai gaido wa imasuka

有館內導覽服務嗎？

3 <ruby>何時<rt>なんじ</rt></ruby>に<ruby>閉館<rt>へいかん</rt></ruby>ですか。
nanji ni heekan desuka

幾點休館？

買票

基本句型

track **5-41** ♫

給我～。

名詞 ＋ 數量 ＋お願いします。
onegai shimasu

替換單字

成人票　兩張
おとな　にまい
大人／2枚
otona nimai

學生票　一張
がくせい　いちまい
学生／一枚
gakusee ichimai

其它例句

1
　う　ば
チケット売り場はどこですか。
chiketto uriba wa doko desuka

售票處在哪裡？

2
がくせいわりびき
学生割引はありますか。
gakusee waribiki wa arimasuka

學生有折扣嗎？

3
いっかい　せき
1階の席がいいです。
ikkai no seki ga ii desu

我要一樓的位子。

4
　　　やす　せき
もっと安い席はありますか。
motto yasui seki wa arimasuka

有沒有更便宜的座位？

172

6 看電影、聽演唱會

基本句型

想看～。

名詞 ＋を見たいです。
o mitai desu

 替換單字

電影 えい が **映画** eega	音樂會 **コンサート** konsaato

其它例句

1 今、人気のある映画は何ですか。
いま にん き えい が なん
ima, ninki no aru eega wa nan desuka

目前受歡迎的電影是哪一部？

2 いつまで上演していますか。
じょうえん
itsu made jooen shite imasuka

會上映到什麼時候？

3 次の上演は何時ですか。
つぎ じょうえん なん じ
tsugi no jooen wa nanji desuka

下一場幾點上映？

4 何分前に入りますか。
なんぷんまえ はい
nanpunmae ni hairimasuka

幾分前進場？

7 去唱卡拉 OK

基本句型

～多少錢？

數量 ＋いくらですか。
ikura desuka

替換單字

| 一小時
いち じ かん
1 時間
ichijikan | 一個人
ひ と り
一人
hitori |

其它例句

1	カラオケに行きましょう。 karaoke ni ikimashoo	去唱卡拉 OK 吧。
2	基本料金はいくらですか。 kihonryookin wa ikuradesuka	基本消費多少？
3	延長はできますか。 enchoo wa dekimasuka	可以延長嗎？
4	リモコンはどうやって使いますか。 rimokon wa dooyatte tsukaimasuka	遙控器如何使用？

8 去算命

基本句型

～的～如何？

時間	＋の＋	名詞	＋はどうですか。
	no		wa doo desuka

替換單字

今年　運勢
こ とし　うんせい
今年／運勢
kotoshi unsee

明年　財運
らいねん　きんせんうん
来年／金銭運
rainen kinsenun

這個月　工作運
こんげつ　し ごとうん
今月／仕事運
kongetsu shigotoun

這星期　愛情運勢
こんしゅう　あいじょううん
今週／愛情運
konshuu aijooun

其它例句

1
せんきゅうひゃくななじゅうに ねん　く がつ じゅうはち にち う
**１９７２年　９月１８日生
まれです。**
sen kyuuhyaku nanajuu ni nen kugatsu
juuhachinichi umaredesu

我出生於 1972 年 9 月 18
日。

2
こいびと　　　あいしょう　み
恋人との相性を見てください。
koibito tono aishoo o mite kudasai

請幫我看看和女朋友（男
朋友）合不合。

3
まも　　　　か
お守りを買えますか。
omamori o kaemasuka

可以買護身符嗎？

9 夜晚的娛樂

基本句型 track **5-45** ♬

附近有～嗎？

近<small>ちか</small>くに＋ 場所 ＋はありますか。
chikaku ni　　　　　　wa arimasuka

 替換單字

酒吧	居酒屋<small>いざかや</small>	夜店	爵士酒吧
バー	居酒屋	ナイトクラブ	ジャズクラブ
baa	izakaya	naitokurabu	jazukurabu

其它例句

① 女性<small>じょせい</small>は 2000 円<small>にせんえん</small>です。
josee wa nisenen desu

女性要 2000 圓。

② 音楽<small>おんがく</small>がいいですね。
ongaku ga ii desune

音樂不錯呢。

③ ラストオーダーは何時<small>なんじ</small>ですか。
rasuto oodaa wa nanji desuka

最後點餐是幾點？

10 看棒球

例句 　　　　　　　　　　　　　　　track **5-46** ♫

1
今日は巨人の試合がありますか。
kyoo wa kyojin no shiai ga arimasuka

今天有巨人隊的比賽嗎？

2
どこ対どこの試合ですか。
doko tai doko no shiai desuka

哪兩隊的比賽？

3
一塁側の席を２枚ください。
ichiruigawa no seki o nimai kudasai

請給我兩張一壘附近的座位。

4
ここに座ってもいいですか。
koko ni suwattemo ii desuka

可以坐這裡嗎？

5
サインをください。
sain o kudasai

請簽名。

 相關單字

棒球場	夜間棒球賽	三振	全壘打
野球場	ナイター	三振	ホームラン
yakyuujoo	naitaa	sanshin	hoomuran

基本句型

track **5-47** ♫

在找～。

衣服 ＋を探（さが）しています。
o sagashite imasu

替換單字

裙子	褲子	外套	T恤
スカート	ズボン	コート	T（ティー）シャツ
sukaato	zubon	kooto	tii shatsu

其它例句

1 婦人服（ふじんふく）売（う）り場（ば）はどこですか。
fujinfuku uriba wa doko desuka

婦女服飾賣場在哪裡？

2 こちらはいかがですか。
kochira wa ikaga desuka

這個如何？

3 このズボンはどうですか。
kono zubon wa doo desuka

這條褲子如何？

2 試穿衣服

基本句型

可以～嗎？

動詞 ＋もいいですか。
mo ii desuka

替換單字

| 試穿
し ちゃく
試着して
shichakushite | 摸
さわ
触って
sawatte |

其它例句

1 それを見せてください。
み
sore o misete kudasai

那個讓我看一下。

2 ちょっと小さいですね。
ちい
chotto chiisai desune

有點小呢。

3 白いのはありませんか。
しろ
shiroi no wa arimasenka

有沒有白色的？

4 これは麻ですか。
あさ
kore wa asa desuka

這是麻嗎？

③ 決定要買

例句

1 ちょっと長（なが）いです。
chotto nagai desu

有點長。

2 丈（たけ）をつめられますか。
take o tsumeraremasuka

長度可以改短一點嗎？

3 色（いろ）がいいですね。
iro ga ii desune

顏色不錯呢。

4 とても気（き）に入（い）りました。
totemo ki ni irimashita

非常喜歡。

5 これにします。
kore ni shimasu

我要這個。

 相關單字

白色	黑色	紅色	藍色
しろ	くろ	あか	あお
白	**黒**	**赤**	**青**
shiro	kuro	aka	ao

4 買鞋子

基本句型

1

想要～。

鞋子 ＋がほしいです。
ga hoshii desu

替換單字

休閒鞋	涼鞋	高跟鞋	靴子
スニーカー	**サンダル**	**ハイヒール**	**ブーツ**
suniikaa	sandaru	haihiiru	buutsu

2

太～。

形容詞 ＋すぎます。
sugimasu

替換單字

大 おお **大き**	小 ちい **小さ**	長 なが **長**	短 みじか **短**
ooki	chiisa	naga	mijika

5 決定買鞋子

基本句型 　　　　　　　　　　　　　　track **5-51** ♫

我要～的。

形容詞 の(なの) ＋ がいいです。
no(nano) 　　　　 ga ii desu

 替換單字

小 小さい chiisai	黑 黒い kuroi

其它例句

1 ちょっときついです。
chotto kitsui desu

有點緊。

2 一番人気なのはどれですか。
ichiban ninki nano wa dore desuka

最受歡迎的是哪一雙？

3 これをください。
kore o kudasai

請給我這一雙。

6 買土產

基本句型   track **5-52** ♫

給我〜。

| 數量 | ＋ください。
kudasai

 替換單字

| 一個
ひと
一つ
hitotsu | 一張
いちまい
一枚
ichimai |

其它例句

1 お土産にいいのはありますか。
omiyage ni ii no wa arimasuka
        有沒有適合送人的名產？

2 どれが人気ありますか。
dore ga ninki arimasuka
        哪一個較受歡迎？

3 同じものを八つください。
onaji mono o yattsu kudasai
        給我 8 個同樣的東西。

4 別々に包んでください。
betsubetsu ni tsutsunde kudasai
        請分開包裝。

7 討價還價

基本句型

track **5-53** ♫

請〜。

形容詞	＋してください。

shite kudasai

 替換單字

便宜一點 やす **安く** yasuku	快一點 はや **早く** hayaku

其它例句

1	たか **高すぎます。** takasugimasu	太貴了。
2	に せん えん　　か **2000 円なら買います。** nisenen nara kaimasu	是 2000 圓的話就買。
3	いちまんえん い ない　　もの **1 万円以内の物がいいです。** ichimanen inai no mono ga ii desu	最好是 1 萬圓以內的東西。
4	**それでは、いりません。** soredewa, irimasen	那我就不要了。

8　付錢

基本句型　　　　　　　　　　　　　　　　　　　　track **5-54** ♫

1

要如何付款？

Q：お支払いはどうなさいます。
shi ha ra i
oshiharai wa doo nasaimasu

麻煩你我用～。

A：名詞＋でお願いします。
ne ga
de onegai shimasu

替換單字

刷卡
カード
kaado

現金
げんきん
現金
genkin

2

要分幾次付款？

Q：お支払い回数は。
shi ha ra i　kai suu
oshiharai kaisuu wa

（次數）～。

A：次数＋です。
desu

替換單字

一次
いっかい
一回
ikkai

6次
ろっかい
6回
rokkai

其它例句

1　レジはどこですか。
reji wa doko desuka

在哪裡結帳？

2　ここにサインをお願いします。
ne ga
koko ni sain o onegai shimasu

請在這裡簽名。

文化及社會

基本句型

1

喜歡日本的～。

日本(に ほん)の＋ 名詞 ＋が好(す)きです。
nihon no　　　　　　　ga suki desu

替換單字

歌(うた) **歌** uta	漫畫 **マンガ** manga	連續劇 **ドラマ** dorama	慶典 お祭(まつり) （お祭(まつ)り） omatsuri

2

對日本的～有興趣。

日本(に ほん)の＋ 名詞 ＋に興味(きょう み)があります。
nihon no　　　　　　　ni kyoomi ga arimasu

替換單字

文化 ぶん か **文化** bunka	經濟 けいざい **経済** keezai	藝術 げいじゅつ **芸術** geejutsu	歷史 れき し **歴史** rekishi

2 日本慶典

基本句型

在～ 有慶典。

場所	＋で＋	慶典	＋があります。
	de		ga arimasu

 替換單字

德島　阿波舞 とくしま **徳島**／ あわおど **阿波踊り** tokushima awaodori	東京　神田祭 とうきょう　かん だ まつり **東京**／**神田祭** tookyoo kandamatsuri	札幌　雪祭 さっぽろ　ゆきまつり **札幌**／**雪祭** sapporo yukimatsuri	青森　睡魔祭 あおもり **青森**／ まつり **ねぶた祭** aomori nebutamatsuri

其它例句

1 どんな祭ですか。
donna matsuri desuka

是怎麼樣的慶典？

---

2 いつありますか。
itsu arimasuka

什麼時候舉行？

---

3 どうやって行きますか。
dooyatte ikimasuka

怎麼去？

3 日本街道

例句

track **5-57** ♫

1 町がきれいですね。
まち
machi ga kiree desune

市容很乾淨。

2 空気がいいですね。
くう き
kuuki ga ii desune

空氣很好。

3 お庭の花がかわいいですね。
にわ はな
oniwa no hana ga kawaii desune

庭院的花很可愛。

4 人が親切ですね。
ひと しんせつ
hito ga shinsetsu desune

人很親切。

5 若者はおしゃれですね。
わかもの
wakamono wa oshare desune

年輕人很時髦。

 相關單字

城市風景	中途下車	古老的房子	街角
まちふうけい	と ちゅう げ しゃ	ふる いえ	まちかど
町風景	**途中下車**	**古い家**	**街角**
machifuukee	tochuugesha	huruiie	machikado

188

① 找醫生

例句

1 医者に行きたいです。
いしゃ　い
isha ni ikitai desu

想去看醫生。

---

2 医者を呼んでください。
いしゃ　よ
isha o yonde kudasai

請叫醫生來。

---

3 救急車を呼んでください。
きゅうきゅうしゃ　よ
kyuukyuusha o yonde kudasai

請叫救護車。

---

4 病院はどこですか。
びょういん
byooin wa doko desuka

醫院在哪裡？

---

5 診察時間はいつですか。
しんさつ　じ　かん
shinsatsu jikan wa itsu desuka

診療時間幾點？

 相關單字

| 感冒
かぜ
風邪
kaze | 心臟病
しんぞうびょう
心臓病
shinzoobyoo | 高血壓
こうけつあつ
高血圧
kooketsuatsu | 糖尿病
とうにょうびょう
糖尿病
toonyoobyoo |

2 說出症狀

基本句型

1

怎麼了？

Q：どうしましたか？
doo shimashitaka

感到～。

A： 症状 **＋がします。**
ga shimasu

替換單字

| 吐
は き
吐き気
hakike | 發冷
さむ け
寒気
samuke | 頭暈
め まい
目眩
memai |

2

～痛。

身體 **＋が痛いです。**
いた
ga itaidesu

替換單字

| 頭
あたま
頭
atama | 肚子
なか
お腹
onaka |

3 接受治療

例句

1 横になってください。
yoko ni natte kudasai

請躺下來。

2 深呼吸してください。
shinkokyuu shite kudasai

請深呼吸。

3 この辺は痛いですか。
kono hen wa itai desuka

這裡會痛嗎？

4 食あたりですね。
shokuatari desune

食物中毒。

5 薬を出します。
kusuri o dashimasu

開藥方給你。

 相關單字

好像發燒	很疲倦	流鼻水	打噴嚏
熱っぽい	**だるい**	**鼻水**	**くしゃみ**
netsuppoi	darui	hanamizu	kushami

4 到藥局拿藥

例句

1 薬は一日３回飲んでください。
kusuri wa ichinichi sankai nonde kudasai

一天請服３次藥。

2 食後に飲んでください。
shokugo ni nonde kudasai

請在飯後服用。

3 この軟膏を傷に塗りなさい。
kono nankoo o kizu ni nurinasai

請將這個軟膏塗抹在傷口上。

4 お大事に。
odaiji ni

請多保重。

5 診断書をお願いします。
shindansho o onegai shimasu

請開診斷書給我。

 相關單字

感冒藥 **風邪薬** kazegusuri	胃腸藥 **胃腸薬** ichooyaku	鎮痛劑 **鎮痛剤** chintsuuzai	眼藥水 **目薬** megusuri

速聽！聽覺刺激法！ track **5-62** ♫

①先看中文翻譯→②以 2 倍速度來速聽、速讀內容，請邊聽邊看對話內容→③再以一般速度測試一次→④不看內容，跟在光碟後面，模仿老師的發音大聲唸出。

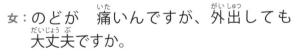

MP3：2 倍速度 ⇨ 一般速度

女：のどが 痛（いた）いんですが、外出（がいしゅつ）しても 大丈夫（だいじょうぶ）ですか。
喉嚨不大舒服，這樣可以外出嗎？

男：大丈夫（だいじょうぶ）ですよ。お風呂（ふろ）に 入（はい）っても かまいません。
可以，外出是沒問題的，洗澡也沒有關係。

女：そうですか。
是嗎。

男：でも、大（おお）きな 声（こえ）を 出（だ）さないで ください。
不過，請不要大聲說話。

女：わかりました。
我知道了。

生活錦囊

「のどが 痛（いた）いんですが」這裡的「んですが」表示女性把個人的身體狀況告訴對方，並同時想聽取對方的處理意見。因此遇到對方需要幫忙，我們可以說「どうしたんですか」（你怎麼啦？）。

迷你文法

❶「ないでください」表示否定的請求命令，請求對方不要做某事。可譯作「請不要…」。

說法百百種！

跟問事相關內容，還有下面各種不同說法，請配合光碟每句練習 3 到 5 次。

💬 いろいろ **1** 各種邀約的說法

- 昼ご飯は、南公園で 食べましょう。
  中餐到南公園吃吧。

- 一緒に 出ませんか？
  一起走吧？

- 何か 飲みますか？
  有什麼想喝的嗎？

💬 いろいろ **2** 人物的動作

- 国へ 帰りました。
  他回國了。

- 友だちと 旅行に 行きました。
  他跟朋友一起去旅行了。

- 一枚 撮って ください。
  請幫我照一張。

💬 いろいろ **3** 說明人物的動作

- 本を 読む ことです。
  是看書。

- ジュースを 飲む ことです。
  是喝果汁。

- 写真を 撮る ことです。
  是照相。

IX 遇到麻煩

1 東西不見了

基本句型

1

〜不見了。

物 ＋をなくしました。
o nakushimashita

替換單字

護照	相機	手提包	房間鑰匙
パスポート	カメラ	かばん	部屋の鍵
pasupooto	kamera	kaban	heya no kagi

2

〜忘在〜了。

場所 ＋に＋ 物 ＋を忘れました。
ni　　　　　o wasuremashita

替換單字

電車　行李	房間　鑰匙	計程車　電腦
電車／荷物	部屋／鍵	タクシー／パソコン
densha nimotsu	heya kagi	takushii pasokon

速聽！聽覺刺激法！　　　　　　　　　　　　　　track 5-65 ♫

①先看中文翻譯→②以 2 倍速度來速聽、速讀內容，請邊聽邊看對話內容→③再以一般速度測試一次→④不看內容，跟在光碟後面，模仿老師的發音大聲唸出。

MP3：2 倍速度 ⇨ 一般速度

女：すみません。電車に　かばんを　忘れました。
不好意思，我把皮包忘在電車裡了。

男：中には　何が　入って　いましたか。
皮包裡裝了什麼？

女：傘と　財布が　入って　いました。
有雨傘和錢包。

男：それだけですか。
就這些嗎？

女：あ、それから　バナナも　入って　いました。
對了，還有香蕉在裡面。

男：この　かばんですか。
是這個皮包嗎？

女：ええ、あっ、バナナは　人形の　名前です。
恩…啊！香蕉是洋娃娃的名字。

生活錦囊

把東西忘在電車裡的時候，要儘快跟車站的失物招領處聯絡。到失物招領處的時候，要講清楚遺失的是什麼東西、在什麼時候、什麼地方等等。

迷你文法

❶「だけ」表示只限於某範圍，除此以外沒別的了。可譯作「只」、「僅僅」。

❷「それから」表示對某事物進行追加，「再加上」。也表示繼一件事情之後，又發生另一件事情，「然後」。

說法百百種！

跟判斷相關內容，還有下面各種不同說法，請配合光碟每句練習 3 到 5 次。

💬… いろいろ **1** 提問必用說法

* 男の 人の 今日の 昼ご飯は どれですか。
  今天男性所吃的午餐是哪一個呢？

* 女の 子が 食べたい ものは どれですか。
  女孩她想吃的是哪一個呢？

* 女の 人は、どの かばんを 買いますか。
  女性要買哪一個皮包呢？

💬… いろいろ **2** 東西內容說法

* 黒くて 大きい かばんです。
  又黑又大的皮包。

* 中に 人形が 入って います。
  裡面裝有洋娃娃。

* ほかには 花の ハンカチも ありました。
  另外也有花朵圖樣的手帕。

💬… いろいろ **3** 形容東西必用說法

* この 丸い かばんです。
  就是這一個圓形皮包。

* 四角くて、大きい 黒い かばんです。
  它是四方形且又大又黑的皮包。

* この 丸いのは いかがですか。
  這個圓形皮包如何呢？

* ちょっと 小さいですね。それに 色が 白い 方がいいで
  すね。
  有點小耶。況且顏色我比較喜歡白色的。

2 東西被偷了

基本句型 　　　　　　　　　　　　　　　track **5-67** ♫

1

〜被偷了。

物 ＋を盗まれました。
　　　o nusumaremashita

替換單字

錢包 財布 saifu	信用卡 クレジット カード kurejitto kaado	行李箱 スーツケース suutsukeesu	戒指 指輪 yubiwa

2

犯人是〜。

犯人は＋ 人 ＋です。
hannin wa　　　　　desu

替換單字

年輕男性 若い男 wakai otoko	矮個子的男性 背の低い男 se no hikui otoko	長髮的女性 髪の長い女 kami no nagai onna	戴著眼鏡的女性 めがねをかけ た女 megane o kaketa onna

3 在警察局

例句

track **5-68** ♫

1 落し物しました。
otoshimono shimashita

東西弄丟了。

2 黒いかばんです。
kuroi kaban desu

黑色包包。

3 財布とカードが入っています。
saifu to kaado ga haitte imasu

裡面有錢包和信用卡。

4 カード会社に電話してほしいです。
kaado gaisha ni denwashite hoshii desu

希望能幫我打電話給發卡公司。

5 紛失届けを書いてください。
funshitutodoke o kaite kudasai

請填寫遺失表格。

 相關單字

警察 けいさつ **警察** keesatsu	身分證 みぶんしょうめいしょ **身分証明書** mibunshoomeesho	護照 **パスポート** pasupooto	補發 さいはっこう **再発行** saihakkoo

速聽！聽覺刺激法！　　　　　　　　　　　　**track 5-69** ♬

①先看中文翻譯→②以 2 倍速度來速聽、速讀內容，請邊聽邊看對話內容→③再以一般速度測試一次→④不看內容，跟在光碟後面，模仿老師的發音大聲唸出。

MP3：2 倍速度 ⇨ 一般速度

女：お父さん、何を　探して　いるの。

爸！你在找什麼？

男：時計が　ないんだよ。

手錶不見了。

女：そこに　あるわよ。違う、テレビの上じゃ　なくて、本棚の中。

在那裡啊！不是啦！不在電視上面，在書架裡。

補充單字　お父さん 图 （"父"的敬稱）爸爸，父親；您父親，令尊／時計 图 鐘錶，手錶／違う 自五 不同，差異；錯誤／上 图 （位置）上面，上部；表面／本棚 图 書架，書櫥，書櫃

生活錦囊

日本的住宅特色是，家的入口大都有一個「玄關」，進入室內一定要脫鞋。另外，傳統的榻榻米式房間還是很普遍，而在表達房間面積時，一般用 6 疊、4 疊半房間表示。睡覺時直接在和室房間鋪上被縟還是很普遍。

迷你文法

❶「の」接在句尾，用上升的語調，表示提問。

❷「そこ」是場所指示代名詞，指離聽說話者近的場所。可譯作「那裡」、「那邊」。

說法百百種！

跟場所相關內容，還有下面各種不同說法，請配合光碟每句練習 3 到 5 次。

💬 いろいろ 1 場所提問的說法

- テーブルの　上に　何が　ありますか。
  桌上有什麼？
- 箱は　どう　置きましたか。
  箱子是怎麼放的？
- 部屋は　どう　なりましたか。
  房間是怎麼布置的？
- 女の　人の　部屋は　どれですか。
  女人的房間是哪一間？

💬 いろいろ 2 易混淆的說法

- あっ、ごめん、本棚の　そば。
  啊！抱歉，在書架的旁邊。
- ここの　かばんの　中に　ありました。
  在這個皮包裡面。
- テレビの　上じゃ　なくて、あ、そうだ、机の　上です。
  不在電視上面，啊！對了！在桌子上面。

💬 いろいろ 3 指示場所常用說法

- 上が　一つ、一番　下が　三つ。どうですか。
  上面一個，最下面 3 個，如何？
- いすは　テーブルの　前に　置いて　ください。
  椅子請放在桌子前面。
- 本棚は　ソファの　横にね。
  書架放沙發的旁邊喔！

一、基本單字

❶ 數字（一）

日文單字	中譯	羅馬拼音
1（いち）	1	ichi
2（に）	2	ni
3（さん）	3	san
4（よん／し）	4	yon/shi
5（ご）	5	go
6（ろく）	6	roku
7（なな／しち）	7	nana/shichi
8（はち）	8	hachi
9（く／きゅう）	9	ku/kyuu
10（じゅう）	10	juu
11（じゅういち）	11	juuichi
12（じゅうに）	12	juuni
13（じゅうさん）	13	juusan
14（じゅうよん／じゅうし）	14	juuyon/juushi
15（じゅうご）	15	juugo
16（じゅうろく）	16	juuroku
17（じゅうしち／じゅうなな）	17	juushichi/juunana
18（じゅうはち）	18	juuhachi
19（じゅうく／じゅうきゅう）	19	juuku/juukyuu
20（にじゅう）	20	nijuu
30（さんじゅう）	30	sanjuu
40（よんじゅう）	40	yonjuu
50（ごじゅう）	50	gojuu
60（ろくじゅう）	60	rokujuu
70（ななじゅう）	70	nanajuu
80（はちじゅう）	80	hachijuu
90（きゅうじゅう）	90	kyuujuu
100（ひゃく）	100	hyaku
101（ひゃくいち）	101	hyakuichi
102（ひゃくに）	102	hyakuni

日文單字	中譯	羅馬拼音
103（ひゃくさん）	103	hyakusan
200（にひゃく）	200	nihyaku
300（さんびゃく）	300	sannbyaku
400（よんひゃく）	400	yonhyaku
500（ごひゃく）	500	gohyaku
600（ろっぴゃく）	600	roppyaku
700（ななひゃく）	700	nanahyaku
800（はっぴゃく）	800	happyaku
900（きゅうひゃく）	900	kyuuhyaku
1000（せん）	1000	sen
2000（にせん）	2000	nisen
5000（ごせん）	5000	gosen
10000（いちまん）	10000	ichiman

❷ 數字（二）

日文單字	中譯	羅馬拼音
一つ（ひと）	1個	hitotsu
二つ（ふた）	2個	futatsu
三つ（みっ）	3個	mittsu
四つ（よっ）	4個	yottsu
五つ（いつ）	5個	itsutsu
六つ（むっ）	6個	muttsu
七つ（なな）	7個	nanatsu
八つ（やっ）	8個	yattsu
九つ（ここの）	9個	kokonotsu
十（とお）	10個	too
いくつ	幾個	ikutsu

❸ 月份

日文單字	中譯	羅馬拼音
<ruby>1<rt>いち</rt></ruby>月	1 月	ichigatsu
2月	2 月	nigatsu
3月	3 月	sangatsu
4月	4 月	shigatsu
5月	5 月	gogatsu
6月	6 月	rokugatsu
7月	7 月	shichigatsu
8月	8 月	hachigatsu
9月	9 月	kugatsu
10月	10 月	juugatsu
11月	11 月	juuichigatsu
12月	12 月	juunigatsu
何月	幾月	nangatsu

❹ 星期

日文單字	中譯	羅馬拼音
日曜日	星期日	nichiyoobi
月曜日	星期一	getsuyoobi
火曜日	星期二	kayoobi
水曜日	星期三	suiyoobi
木曜日	星期四	mokuyoobi
金曜日	星期五	kinyoobi
土曜日	星期六	doyoobi
何曜日	星期幾	nanyoobi

❺ 時間

日文單字	中譯	羅馬拼音
1時	1 點	ichiji
2時	2 點	niji
3時	3 點	sanji
4時	4 點	yoji
5時	5 點	goji
6時	6 點	rokuji
7時 / 7時	7 點	shichiji/nanaji
8時	8 點	hachiji

9時	9點	kuji
10時	10點	juuji
11時	11點	juuichiji
12時	12點	juuniji
1時15分	1點15分	ichiji juugofun
1時30分	1點30分	ichiji sanjuppun
1時45分	1點45分	ichiji yonjuugofun
2時15分	2點15分	niji juugofun
2時半	2點半	nijihan
2時45分	2點45分	niji yonjuugofun
3時半	3點半	sanjihan
4時半	4點半	yojihan
5時半	5點半	gojihan
6時15分前	6點15分前	okuji juugofunmae
7時ちょうど	7點整	shichiji choodo
8時5分過ぎ	8點過5分	hachiji gofunsugi
何時何分	幾點幾分	nanjinanpun

二、機場

❶ 在機場

日文單字	中譯	羅馬拼音
空港	機場	kuukoo
航空会社	航空公司	kookuugaisha
出国準備	準備出境	shukkokujunbi
チェックイン	登機登記	chekkuin
エコノミークラス	經濟艙	ikonomiikurasu
ビジネスクラス	商務艙	bijinesukurasu
ファーストクラス	頭等艙	faasutokurasu
窓側席	靠窗座位	madogawaseki
通路側席	走道邊座位	tsuurogawaseki
禁煙席	禁煙座位	kinenseki
荷物	行李	nimotsu
手荷物	手提行李	tenimotsu
クレイムタグ	托運牌	kureimudagu
搭乗カード	登機證	toojookaado

搭乗ゲート	登機門	toojoogeeto
パスポート	護照	pasupooto
出国カード	出境卡	shukkokukaado
入国カード	入境卡	nyuukokukaado
免税店	免税店	menzeeten
税関	海關	zeekan
乗客	乘客	jookyaku
セキュリティチェック	安全檢查	sekyuritichekku
X線	X光	ekususen

❷ 機内服務

日文單字	中譯	羅馬拼音
機長	機長	kichoo
キャビンアテンダント	空中小姐	kyabinatendanto
乗務員	空服員	joomuin
乗客	乘客	jookyaku
新聞	報紙	shinbun
雑誌	雜誌	zasshi
飲み物	飲料	nomimono
シートベルト	安全帶	shiitoberuto
非常口	緊急出口	hijooguchi
化粧室	化妝室	keshooshitsu
使用中	使用中	shiyoochuu
空き	空的	aki
トイレットペーパー	衛生紙	toirettopeepaa
酸素マスク	氧氣罩	sansomasuku
救命胴衣	救生衣	kyuumeedooi
吐き袋	嘔吐袋	hakibukuro
着陸	著地	chakuriku
現地時間	當地時間	genchijikan
時差	時差	jisa
現地気温	當地氣溫	genchikion

❸ 通關

日文單字	中譯	羅馬拼音
外国人	外國人	gaikokujin
日本人	日本人	nihonjin

待合室	候客室	machiaishitsu
出入国管理	出入境管理	shutsunyuukokukanri
並ぶ	排隊	narabu
居住者	居住者	kyojuusha
非居住者	非居住者	hikyojuusha
入国する	入境	nyuukokusuru
入国目的	入境目的	nyuukokumokuteki
親戚	親戚	shinseki
留学生	留学生	ryuugakusee
学生証	學生證	gakuseeshoo
観光する	觀光	kankoosuru
ビジネス	商務	bijinesu
訪問する	訪問	hoomonsuru
申告カード	申報卡	shinkokukaado
持ち込み禁止品	禁止攜帶進入物品	mochikomikinshihin
身の回り品	隨身物品	minomawarihin
手荷物	手提行李	tenimotsu
プレゼント	禮物	purezento
お土産	名產	omiyage

❹ 換銭

日文單字	中譯	羅馬拼音
両替する	換錢	ryoogaesuru
両替所	換錢處	ryoogaejo
銀行	銀行	ginkoo
為替	匯款	kawase
レート	匯率	reeto
札	紙鈔	satsu
小銭	零錢	kozeni
コイン	硬幣	koin
日本円	日幣	nihonen
アメリカドル	美金	amerikadoru
ポンド	英磅	pondo
台湾ドル	台幣	taiwandoru
北京人民幣	北京人民幣	pekkinjinminhee
現金	現金	genkin

トラベラーズチェック	旅行支票	toraberaazuchekku
両替申し込書	換錢申請書	ryoogaemooshikomisho
サイン	簽名	sain
身分証明書	身分證	mibunshoomeesho

❺ 打電話

日文單字	中譯	羅馬拼音
国際電話	國際電話	kokusaidenwa
市内電話	市內電話	shinaidenwa
長距離電話	長途電話	chookyoridenwa
携帯電話	手機	keetaidenwa
電話番号	電話號碼	denwabangoo
電話する	打電話	denwasuru
公衆電話	公用電話	kooshuudenwa
国番号	國碼	kunibangoo
指名通話	指名電話	shimeetsuwa
コレクトコール	對方付費電話	korekutokooru
テレホンカード	電話卡	terehonkaado
市外局番	區域號碼	shigaikyokuban
イエローページ	黃皮電話簿	ieroopeeji

❻ 郵局

日文單字	中譯	羅馬拼音
郵便局	郵局	yuubinkyoku
切手	郵票	kitte
封筒	信封	fuutoo
手紙	信件	tegami
葉書	明信片	hagaki
小包	包裹	kozutsumi
航空便	空運	kookuubin
船便	船運	funabin
書留	掛號	kakitome
速達	限時	sokutatsu

❼ 機場交通

日文單字	中譯	羅馬拼音
リムジンバス	機場巴士	rimujinbasu
エアポートバス	機場巴士	eapootobasu

タクシー乗り場	計程車乗車處	takushiinoriba
ＪＲ乗り場	JR乗車處	jeeaarunoriba
地下鉄	地下鐵	chikatetsu
切符	車票	kippu
運賃	乘車票價	unchin
切符売場	售票處	kippuuriba
入り口	入口	iriguchi
出口	出口	deguchi
非常口	緊急出口	hijooguchi
路線図	路線圖	rosenzu

三、到飯店

❶ 在櫃臺

日文單字	中譯	羅馬拼音
宿泊施設	飯店設施	shukuhakushisetsu
ホテル	飯店	hoteru
旅館	旅館	ryokan
民宿	民宿	minshuku
ビジネスホテル	商務飯店	bijinesuhoteru
ラブホテル	賓館	rabuhoteru
空室	有空房	kuushitsu
満室	房間客滿	manshitsu
シングル	單人房	shinguru
ダブル	雙人房	daburu
予約あり	有預約	yoyakuari
予約なし	沒有預約	yoyakunashi
料金	費用	ryookin
チェックイン	登記住宿	chekkuin
チェックアウト	退房	chekkuauto
シャワー付き	附淋浴	shawaatsuki
トイレ付き	附廁所	toiretsuki
赤ちゃん用ベッド	嬰兒用床	akachanyoobeddo
和室	日式房間	washitsu
洋室	洋式房間	yooshitsu
朝食	早餐	chooshoku

安い	便宜	yasui
高い	貴	takai
クレジットカード	信用卡	kurejittokaado
預かり物	寄存物	azukarimono
メッセージ	留言	messeeji
貴重品	貴重物品	kichoohin
モーニングコール	叫醒服務	mooningukooru
宿泊カード	住宿卡	shukuhakukaado
税金	税金	zeekin
サービス料金	服務費	saabisuryookin
含む	包含	fukumu
鍵	鑰匙	kagi
新聞	報紙	shinbun
タオル	毛巾	taoru
バー	酒吧	baa
食堂	食堂	shokudoo
レストラン	餐廳	resutoran
何階	幾樓	nangai
立ち入り禁止	禁止進入	tachiirikinshi

❷ 住宿中發生

日文單字	中譯	羅馬拼音
シャワールーム	淋浴室	shawaaruumu
冷蔵庫	冰箱	reezooko
ミニバー	小酒吧（房中冰箱的飲料）	minibaa
テレビ	電視	terebi
エアコン	冷氣	eakon
蛇口	水龍頭	jaguchi
トイレ	廁所	toire
灰皿	煙灰缸	haizara
ドライヤー	吹風機	doraiyaa
歯ブラシ	牙刷	haburashi
石鹸	肥皂	sekken
歯磨き粉	牙膏	hamigakiko
髭剃り	刮鬍刀	higesori
シャンプー	洗髮精	shanpuu

リンス	潤絲精	rinsu
シャワーキャップ	浴帽	shawaakyappu
タオル	毛巾	taoru
バスタオル	浴巾	basutaoru
目覚し時計	鬧鐘	mezamashidokee
アイロン	熨斗	airon
水	水	mizu
押す	推	osu
引く	拉	hiku
故障する	故障	koshoosuru
詰まる	塞住	tsumaru
反応がない	沒有反應	hannooganai

❸ 客房服務

日文單字	中譯	羅馬拼音
ルームサービス	客房服務	ruumusaabisu
洗濯する	洗衣服	sentakusuru
荷物	行李	nimotsu
運ぶ	搬運	hakobu
掃除する	打掃	soojisuru
チップ	小費	chippu
朝食	早餐	chooshoku
昼食	中餐	chuushoku
夕食	晚餐	yuushoku
食事券	餐券	shokujiken
和食	日式餐點	washoku
洋食	西式餐點	yooshoku
有料チャネル	收費頻道	yuuryoochaneru
無料チャネル	免費頻道	muryoochaneru
リモコン	遙控	rimokon
飲み物	飲料	nomimono
食べ物	食物	tabemono
栓抜き	開瓶器	sennuki

❹ 退房

日文單字	中譯	羅馬拼音
チェックアウト	退房	chekkuauto
クレジットカード	信用卡	kurejittokaado
現金	現金	genkin
お釣り	找錢	otsuri
税金	税金	zeekin
含む	包含	fukumu
サイン	簽名	sain
お願いします	麻煩您	onegaishimasu
返す	歸還	kaesu
領収書	收據	ryooshuusho
タイトル	抬頭	taitoru
封筒	信封	fuutoo
入れる	放入	ireru

四、用餐

❶ 逛商店街

日文單字	中譯	羅馬拼音
商店街	商店街	shootengai
スーパー	超市	suupaa
デパート	百貨公司	depaato
コンビニ	便利商店	konbini
桜銀座	櫻花商店街	sakuraginza
肉屋	肉店	nikuya
魚屋	海鮮店	sakanaya
パチンコ屋	柏青哥店（小鋼珠店）	pachinkoya
交番	派出所	kooban
お巡りさん	警察	omawarisan

❷ 在速食店

日文單字	中譯	羅馬拼音
ハンバーグ	漢堡	hanbaagu
サンド	三明治	sando
ドリンク	飲料	dorinku
コーラ	可樂	koora

コーヒー	咖啡	koohii
アイス	冰	aisu
ストロー	吸管	sutoroo
持ち帰り	帶走	mochikaeri
一万円で	用一萬日圓鈔支付	ichimanende
お釣り	找錢	otsuri

❸ 在便利商店

日文單字	中譯	羅馬拼音
レジ	收銀台	reji
領収書	收據	ryooshuusho
日用品	日常用品	nichiyoohin
ドリンク	飲料	dorinku
パン	麵包	pan
男性誌	男士雜誌	danseeshi
女性誌	女士雜誌	joseeshi
新聞	報紙	shinbun
雑誌	雜誌	zasshi
コピー	拷貝	kopii
ファックス	傳真	fakkusu
タバコ	香菸	tabako
ライター	打火機	raitaa
お酒	日本清酒	osake

❹ 找餐廳

日文單字	中譯	羅馬拼音
日本料理屋	日本料理店	nihonryooriya
すし屋	壽司店	sushiya
中華料理屋	中華料理店	chuukaryooriya
らーめん屋	拉麵店	raamenya
料亭	日本傳統料理店	ryootee
しゃぶしゃぶ	涮涮鍋	shabushabu
焼き肉屋	烤肉店	yakinikuya
洋食	西式餐點	yooshoku
和食	日式餐點	washoku
レストラン	餐廳	resutoran

❺ 打電話預約

日文單字	中譯	羅馬拼音
予約したい	想預約	yoyakushitai
明日	明天	ashita
夜	晚上	yoru
二人	兩人	futari
7時／7時	7點	shichiji/nanaji
ベジタリアン	素食者	bejitarian
和食	日式餐點	washoku
お名前	芳名	onamae
連絡先	聯絡處	renrakusaki
電話番号	電話號碼	denwabangoo

❻ 進入餐廳

日文單字	中譯	羅馬拼音
予約あり	有預約	yoyakuari
禁煙席	禁煙座位	kinenseki
喫煙席	吸煙座位	kitsuenseki
窓際	靠窗	madogiwa
相席	同桌座位	aiseki
大きい	大的	ookii
テーブル	桌子	teeburu
静かな	安靜的	shizukana
席	座位	seki
椅子	椅子	isu

❼ 點餐

日文單字	中譯	羅馬拼音
メニュー	菜單	menyuu
おすすめ料理	推薦料理	osusumeryoori
有名な	有名的	yuumeena
人気	有人氣的	ninki
注文する	點菜	chuumoosuru
ベジタリアン	素食者	bejitarian
洋食	西式餐點	yooshoku
和食	日式餐點	washoku
中華料理	中華料理	chuukaryoori
フランス料理	法國餐	furansuryoori

イタリア料理	義大利餐	itariaryoori
ピザ	披薩	piza
ハンバーグ	漢堡	hanbaagu
定食	套餐	teeshoku
Aコース	A套餐	eekoosu
ビール	啤酒	biiru
飲み物	飲料	nomimono
コーヒー	咖啡	koohii
紅茶	紅茶	koocha
デザート	點心	dezaato
食前	餐前	shokuzen
食後	餐後	shokugo
お冷や	冰水	ohiya
一品料理	上等料理	ippinryoori
お箸	筷子	ohashi
フォーク	叉子	fooku
ナイフ	餐刀	naifu

8 進餐後付款

日文單字	中譯	羅馬拼音
クレジットカード	信用卡	kurejittokaado
現金	現金	genkin
サイン	簽名	sain
領収書	收據	ryooshuusho
タイトル	抬頭	taitoru
お釣り	找錢	otsuri
部屋につける	記房間的帳	heyanitsukeru
割り勘	各付各的	warikan
いっしょ	一起	issho
計算する	計算	keesansuru

五、交通

1 坐電車

日文單字	中譯	羅馬拼音
切符売場	售票處	kippuuriba
地下鉄	地下鐵	chikatetsu

電車	電車	densha
JR線	JR線	jeeaarusen
山手線	山手線	yamanotesen
環状線	環狀（循環）線	kanjoosen
東海道線	東海道線	tookaidoosen
新幹線	新幹線	shinkansen
快速	快速（列車）	kaisoku
特急	特急（列車）	tokkyuu
急行	急行（列車）	kyuukoo
駅	車站	eki
駅員	站員	ekiin
回数券	回數票	kaisuuken
周遊券	周遊券	shuuyuuken
乗車券	乘車券	jooshaken
運賃	乘車票價	unchin
片道	單程	katamichi
往復	來回	oofuku
大人	成人	otona
子ども	孩童	kodomo
緑の窓口	綠色窗口（JR 票務櫃檯）	midorinomadoguchi
旅行センター	旅遊中心	ryokoosentaa
職員	職員	shokuin
申込み書	申請書	mooshikomisho
寝台車	附睡床列車	shindaisha
指定席	對號座位	shiteeseki
自由席	自由座位	jiyuuseki

❷ 坐巴士

日文單字	中譯	羅馬拼音
はとバス	鴿子巴士（關東觀光巴士）	hatobasu
日帰リツアー	當日往返旅遊	higaeritsuaa
半日バスツアー	半天巴士旅遊	hannichibasutsuaa
観光バスツアー	觀光巴士旅遊	kankoobasutsuaa
バス待ち合わせ時刻	公車時刻表	basumachiawasejikoku
バス料金	公車費用	basuryookin
学生料金	學生票	gakuseeryookin

高齢者	高齢者	kooreesha
バスガイド	公車導遊	basugaido
パンフレット	指南小冊子	panfuretto

❸ 坐計程車

日文單字	中譯	羅馬拼音
タクシー	計程車	takushii
初乗り料金	起程價	hatsunoriryookin
運転手	司機	untenshu
行き先	前往目的地	yukisaki
目的地	目的地	mokutekichi
忘れ物	遺忘的東西	wasuremono
お客様	客人	okyakusama
荷物	行李	nimotsu
領収書	收據	ryooshuusho
料金	費用	ryookin

❹ 租車子

日文單字	中譯	羅馬拼音
国際免許証	國際駕照	kokusaimenkyoshoo
申し込み書	申請書	mooshikomisho
貸し渡し契約書	交車契約書	kashiwatashikeeyakusho
マニュアル車	手動排檔車	manyuarusha
オートマチック車	自動排檔車	ootomachikkusha
四輪駆動車	四輪驅動車	yonrinkudoosha
ガソリン	石油	gasorin
ガソリンスタンド	加油站	gasorinsutando
燃料	燃料	nenryoo
無鉛ガソリン	無鉛汽油	muengasorin
左進行	靠左邊行進	hidarishinkoo
交通ルール違反	違反交通規則	kootsuuruuruihan
返す	歸還	kaesu
受託する	受託、委託	jutakusuru
保険	保險	hoken
高速道路	高速公路	koosokudooro
料金所	收費站	ryookinjo
タイヤ交換	更換輪胎	taiyakookan

バッテリー	電池	batterii
充電する	充電	juudensuru
修理工場	修理工廠	shuurikoojoo
保証人	保證人	hoshoonin
ブレーキ	刹車	bureeki
バックミラー	後照鏡	bakkumiraa
左折	左轉	sasetsu
右折	右轉	usetsu

❺ 迷路了

日文單字	中譯	羅馬拼音
東京駅	東京車站	tookyooeki
大阪駅	大阪車站	oosakaeki
名古屋駅	名古屋車站	nagoyaeki
地図	地圖	chizu
ホテル	飯店	hoteru
デパート	百貨公司	depaato
街角	街角	machikado
突き当たり	街道盡頭	tsukiatari
交差点	交叉路	koosaten
右に曲がる	右轉	miginimagaru
左に曲がる	左轉	hidarinimagaru
まっすぐ	直走	massugu
交番	派出所	kooban

六、觀光

❶ 在旅遊詢問中心

日文單字	中譯	羅馬拼音
日帰りツアー	當日回來旅遊	higaeritsuaa
半日ツアー	半天旅遊	hanichitsuaa
夜のツアー	夜間旅遊	yorunotsuaa
市内観光	市內觀光	shinaikankoo
バスガイド	巴士導遊	basugaido
申し込み書	申請書	mooshikomisho
写真	照片	shashin
パンフレット	旅遊指南	panfuretto

帰着する	回來	kichakusuru
時間	時間	jikan
予約する	預約	yoyakusuru
大人二人	成人兩人	otonafutari
料金	費用	ryookin

❷ 到美術館

日文單字	中譯	羅馬拼音
美術館	美術館	bijutsukan
博物館	博物廣	hakubutsukan
入場券	入場券	nyuujooken
パスポート	全程可使用券	pasupooto
周遊券	周遊券	shuuyuuken
開館時間	開館時間	kaikanjikan
閉館時間	休館時間	heekanjikan
大人料金	成人費用	otonaryookin
子ども料金	孩童費用	kodomoryookin
撮影禁止	禁止拍照	satsueekinshi
立ち入り禁止	禁止進入（靠近）	tachiirikinshi
ロッカー	置物箱	rokkaa

❸ 看電影、聽演

日文單字	中譯	羅馬拼音
映画館	電影院	eegakan
コンサート	音樂會	konsaato
入場券	入場券	nyuujooken
指定席	對號座位	shiteeseki
自由席	無對號座位	jiyuuseki
禁煙	禁煙	kinen
食べ物持参禁止	禁止攜帶食物	tabemonojisankinshi
洗面所	化妝室	senmenjo
男性	男性	dansee
女性	女性	josee
撮影禁止	禁止拍照	satsueekinshi

❹ 去唱卡拉 OK

日文單字	中譯	羅馬拼音
カラオケ	卡拉 OK	karaoke
カラオケボックス	卡拉 OK 包廂	karaokebokkusu
歌う	唱歌	utau
歌	歌	uta
1 時間料金	一小時費用	ichijikanryookin
リモコン	遙控	rimokon
使い方	使用方法	tsukaikata
メニュー	菜單	menyuu
時間を延ばす	延長時間	jikanonobasu
領収書	收據	ryooshuusho

❺ 去算命

日文單字	中譯	羅馬拼音
占い	算命	uranai
手相	手相	tesoo
運命	命運	unmee
運勢	運勢	unsee
過去	過去	kako
現在	現在	genzai
未来	未來	mirai
金運	財運	kinun
恋愛運	愛情運	renaiun
仕事運	事業運	shigotoun
結婚運	結婚運	kekkonun
夢占い	夢境占卜	yumeuranai
動物占い	動物占卜	doobutsuuranai
開運グッズ	開運吉祥物	kaiunguzzu
星座	星座	seeza

❻ 夜晚的娛樂

日文單字	中譯	羅馬拼音
バー	酒吧	baa
お酒	清酒	osake
焼酎	燒酒（日式米酒）	shoochuu
ビール	啤酒	biiru

生<ruby>なま</ruby>ビール	生啤酒	namabiiru
瓶<ruby>びん</ruby>ビール	瓶啤酒	binbiiru
赤<ruby>あか</ruby>ワイン	紅葡萄酒	akawain
白<ruby>しろ</ruby>ワイン	白葡萄酒	shirowain
ウイスキー	威士忌	uisukii
グラス	杯子	gurasu
おつまみ	下酒菜	otsumami
スナック	小零食	sunakku
ママさん	媽媽桑	mamasan
注文<ruby>ちゅうもん</ruby>する	點菜	chuumonsuru
氷<ruby>こおり</ruby>	冰	koori
水<ruby>みず</ruby>	水	mizu
カラオケ	卡拉 OK	karaoke
歌<ruby>うた</ruby>う	唱歌	uta

❼ 看棒球

日文單字	中譯	羅馬拼音
ピッチャー	投手	picchaa
キャッチャー	捕手	kyacchaa
ファースト	一壘手	faasuto
セカンド	二壘手	sekando
三壘手<ruby>さんるいしゅ</ruby>	三壘手	sanruishu
外野手<ruby>がいやしゅ</ruby>	外野手	gaiyashu
内野手<ruby>ないやしゅ</ruby>	外野手	naiyashu
レフト	右邊（野手）	refuto
ライト	左邊（野手）	raito
安打<ruby>あんだ</ruby>	安打	anda
ホームラン	全壘打	hoomuran
三振<ruby>さんしん</ruby>	三振	sanshin
ボール	壞球	booru
ストラック	好球	sutorakku
アウト	出擊	auto
セーフ	安全（上壘）	seefu
選手<ruby>せんしゅ</ruby>	選手	senshu
監督<ruby>かんとく</ruby>	教練	kantoku
審判<ruby>しんぱん</ruby>	裁判	shinpan

得点 とくてん	得分	tokuten
応援 おうえん	支援	ooen
グランド	球場	gurando
野球場 やきゅうじょう	棒球場	yakyuujoo
グラブ	手套	gurabu
野球 やきゅう	棒球	yakyuu
バット	球棒	batto
制服 せいふく	制服	seefuku
キャップ	帽子	kyappu

七、購物

❶ 買衣服

日文單字	中譯	羅馬拼音
洋服 ようふく	西服	yoofuku
スーツ	西裝	suutsu
ワンピース	連身裙	wanpiisu
スカート	裙子	sukaato
コート	外套（大衣）	kooto
ジャケット	外套（短）	jaketto
ズボン	褲子	zubon
ワイシャツ	白襯衫	waishatsu
Tシャツ ティー	T恤	tiishatsu
ジーンズ	牛仔褲	jiinzu
ブラウス	女用衫	burausu
セーター	毛衣	seetaa
羊毛 ようもう	羊毛	yoomoo
木綿 も めん	棉花	momen
ベルト	皮帶	beruto
大きサイズ おお	大尺寸	ookisaizu
小さいサイズ ちい	小尺寸	chiisaisaizu
Mサイズ エム	M尺寸	emusaizu
Lサイズ エル	L尺寸	erusaizu
Sサイズ エス	S尺寸	esusaizu
LLサイズ エルエル	LL尺寸	eruerusaizu
短い みじか	短的	mijikai

長^{なが}い	長的	nagai
色違^{いろちが}い	不同顔色	irochigai
他^{ほか}に	其他	hokani
スタイル	様式	sutairu
割引^{わりびき}	打折扣	waribiki
サービス	贈送	saabisu

❷ 買鞋子

日文單字	中譯	羅馬拼音
きつい	緊	kitsui
ゆるい	鬆	yurui
かかと	腳跟	kakato
つま先^{さき}	腳尖	tsumasaki
足裏^{あしうら}	腳底	ashiura
痛^{いた}い	疼痛	itai
銘柄^{めいがら}	牌子	meegara
ブランド品^{ひん}	舶來品	burandohin
手作^{てづく}り	手工製	tezukuri
日本製^{にほんせい}	日本製	nihonsee

❸ 付錢

日文單字	中譯	羅馬拼音
現金^{げんきん}	現金	genkin
クレジットカード	信用卡	kurejittokaado
ドル	美金	doru
日本円^{にほんえん}	日幣	nihonen
高^{たか}い	昂貴	takai
安^{やす}い	便宜	yasui
まけてください	請你打折扣	maketekudasai
割引^{わりびき}	打折扣	waribiki
税金^{ぜいきん}	税金	zeekin
含^{ふく}む	包含	fukumu

八、生病了

日文單字	中譯	羅馬拼音
風邪^{かぜ}	感冒	kaze

鼻水	鼻水	hanamizu
咳	咳嗽	seki
くしゃみ	打噴嚏	kushami
頭痛	頭痛	zautsuu
ずきずきと	抽痛	zukizukito
鋭い痛い	劇痛	surudoiitai
鈍痛	隱隱作痛	dontsuu
しくしくと痛む	微微地抽痛	shikushikutoitamu
目眩	目眩	memai
気分が悪い	身體不舒服	kibungawarui
腹痛	肚子痛	fukutsuu
下痢	拉肚子	geri
便秘	便秘	benpi
胸痛	胸口痛	kyootsuu
息苦しい	呼吸困難	ikigurushii
胃痛	胃痛	itsuu
吐き気がする	想吐	hakikegasuru
虫歯	蛀牙	mushiba
痔	痔瘡	ji
だるい	身體沒力	darui
しびれる	發麻	shibireru
打撲	碰傷、跌傷	daboku
骨折	骨折	kossetsu
捻挫	扭傷、挫傷	nenza
やけど	燙傷	yakedo
水虫	香港腳	mizumushi
痒い	發癢	kayui
処方箋	藥方	shohoosen
保険証	保險證	hokenshoo
薬	藥	kusuri
アレルギー	過敏	arerugii
食前	飯前	shokuzen
食後	飯後	shokugo
寝る前	睡覺前	nerumae
一日一回	一天一次	ichinichiikkai
飲む	吃（藥）	nomu

日本語 初級
100 個 萬用關鍵句型

零基礎，人人都能說出完整句！ ┠┈┈👉

25 K

[QR Code] + (MP3)

實用日語 07

發行人	林德勝
著者	吉松由美、山田玲奈、林太郎
出版發行	山田社文化事業有限公司
	地址 臺北市大安區安和路一段112巷17號7樓
	電話 02-2755-7622　02-2755-7628
	傳真 02-2700-1887
郵政劃撥	19867160號　大原文化事業有限公司
總經銷	聯合發行股份有限公司
	地址 新北市新店區寶橋路235巷6弄6號2樓
	電話 02-2917-8022
	傳真 02-2915-6275
印刷	上鎰數位科技印刷有限公司
法律顧問	林長振法律事務所 林長振律師
定價	新台幣320元
初版	2022年10月

朗讀QR Code